「……こんにちは、探偵さん」
カロン
》で《裁判員《ジャッジ》》を
女。
した張本人。
名探偵は推理で殺す
The detective kills by deduction.
依頼《ケース》.1 大罪人バトルロイヤルに潜入せよ

CONTENTS

序	名探偵最期の事件	004
§1	名探偵と残虐怪人ブッチャー・ゾッグ	016
§2	名探偵とアンクローズド・サークル	072
§3	名探偵と情念の蛇女	131
§4	名探偵と反逆の勇者	224
	あとがき	299

The detective kills
by deduction.

滝の音とは別になにかの声が聞こえてくる——これは、歌——？
「ルーザさん、そこにいるの？」
そう声をかけながら、僕は岩陰から滝のあたりへと、出た——

「名探偵の僕の前には、ひと欠片の謎も残しはしない」
「……私には、勝ち抜かなければならない理由があります」
明髪シ
幾多の難事件を解決してきた、
高校生名探偵。
【監獄界】では推理力だけを武器に
大罪人たちとの殺し合いに挑む

「あたしは探偵さんが
気に入ったからついていきたいのよォ」
クミエ
《森夜妖人《スヴァルトアルヴ》》という種族の
天才女詐欺師。
シンの名推理を目の当たりにし、
行動を共にするようになる
ルーザ・リルベルティ
【監獄界】に召喚された、
『千人殺しの魔女』の異名を持つ聖女。
とある秘密と決意を
胸に秘めているようで……？

「……きゃっ!?」
短い悲鳴とともに、肌色が跳ねるように動いた。
——肌色?

名探偵は推理で殺す

依頼《ケース》.1　大罪人バトルロイヤルに潜入せよ

輝井永澄

ファンタジア文庫

3263

口絵・本文イラスト　マシマサキ

名探偵は推理で殺す

輝井永澄

Illust.
マシマサキ

The detective kills by deduction.

依頼《ケース》.1　大罪人バトルロイヤルに潜入せよ

序　名探偵最期《さいご》の事件

強い風が吹くビルの屋上に、光る夜景を背にした男のシルエットが浮かんでいた。

「遅かったな、アカミ君！」

トレンチコートの裾をはためかせながら、シルエットが叫んだ。

「天下の名探偵が、ひどい顔をしてるじゃないか？」

「ああ、おかげさまでね、神崎《かんざき》さん」

僕は鳥打ち帽《ハンチング》に手をやり、目深《まぶか》に下げながら応じた。神崎は口元を歪《ゆが》ませ、皮肉に笑う。

東京スカイツリーの光を背負い、その眼鏡が表情を隠すように光った。

「いかんナァ……若い人がそれではいかん。刑務所あたりでゆっくりと休養を取った方がいいんじゃないかネ？」

「それがそうもいかないんだ。もう少しで悪党の罪を裁けるってところでね」

僕は帽子の鍔《つば》越しに神崎の顔を見る。薄笑いを浮かべ、ポケットに両手を突っ込んだままのふてぶてしい立ち姿——長い手足の間から、夜の街を照らす光が漏れ出ていた。

「一応聞いておこう。『悪党』というのは誰のことかネ？」

「もちろんあんたのことさ、内閣調査室実働部隊筆頭・神崎零一郎《れいいちろう》……」

僕は神崎の目を睨《にら》み返す。

神崎零一郎――日本政府直轄の秘密諜報《ちょうほう》組織、そのリーダーとして国外のスパイや国内のテロ組織と戦っていた男。罪を憎み、犯罪をこの世から一掃するために魂を捧《ささ》げた、正義の秘密工作員《エージェント》――探偵としての活動の中で、僕らはたびたび手を組み、共に事件に挑んでいた。

しかし、神崎と共に挑む事件の中で、相手となった数々の犯罪組織やスパイたちの裏に、見え隠れしていたある影があった。それが――

「……国際的犯罪コンサルタント、プロフェッサー・D。まさかあんた自身がその張本人だったとはね」

「フフフ……」

神崎は笑った。それは雄弁な肯定だった。

プロフェッサー・Dは、ここ数年の大きな事件の裏で必ずというほど暗躍していた。東京で起きる犯罪の半数は彼が関わっている、とさえ言う者もいる。もっとも、それを言ったのは今、目の前にいるこの男なのだけど――

神崎は口を開く。

「……国家の安全保障は『敵』の存在なしにはありえない。コントロールされた『悪』こそが究極の安全保障なのだよ。『悪』を掌握する、より強大な『悪』……『正義』と『敵』の双方を国家が掌握する。それが『D』だ」

神崎はコートのポケットから片手を出して眉間にやり、眼鏡を指で持ち上げ、言った。

僕は背筋になにかが這《は》う感覚を覚える。

「……悪は、裁かれねばならない」

そう応じると、神崎は口元を歪めた。

「稚拙な理想主義だ。君のそういうところには本当に虫唾《むしず》が走るネ……しかし、警察に私は裁けない。ならば誰が裁くのだね？　君か？」

僕は黙って歩を進めた。重心を落とし、身構えながら、ゆっくりと。視線の先で、神崎が再び口を開く。

「この世に善悪などない……それは君だってわかっているんじゃないかネ？　あるのは『罪』と、それを決める『権力』だ」

「…………」

「……探偵の君が、自ら手を汚し、私を裁く……それこそがこの世のあるべき姿なのだヨ。

あるのはただ、『罪』と……」

神崎の手が素早く、コートの中から繰り出される。

「……『より強大な罪』だけだッ‼」


——ガァン！


銃声が響いた瞬間、銃口の先に僕はいない。眼鏡で視線を悟られないようにしていたのはさすがだが——筋肉の緊張や重心の位置で、銃を持っていることはわかっていた。

「僕に銃弾は通じない。わかってるだろ？」

48の探偵技——その3つ目の技、「弾道予測」。相手の目線や筋肉の動きから、飛んで来る弾丸の軌道を推理し、避ける。これくらいのことができなけりゃ、名探偵は務まらない。

神崎はこちらに向けた銃口を下ろし——そして笑った。

「君の方こそ、私がそれをわかっていることを、わかっていなかったのかネ？」

その瞬間、背後からの気配を感じて咄嗟《とっさ》に僕は身体《からだ》を捻《ひね》る。繰り出された白刃《はくじん》が夜景の光を反射するのが見えた。

「……ッ‼」

さらに別の方向から、振り下ろされるものを僕はかわす。神崎の手下による待ち伏せ——黒ずくめの男が2人。1人はナイフ、もう1人は黒い革製の振り棍棒《ブラックジャック》を構え、僕を取り囲むようにして襲い掛かる。

「喧嘩《けんか》は苦手なんだけどな……ッ！」

ある程度の光があるとはいえ、暗闇の中で視認しにくい黒ずくめの男たちが相手——不利な状況でも正面から戦う、なんて名探偵のやることじゃない。そもそも戦闘は探偵の仕事じゃないんだ。とはいえ、避けられないこういう状況、っていうのはあるわけで——

「……しょうがないねッ！」

僕は体勢を立て直して黒ずくめの男たちに向かい——次の瞬間、地を蹴って一気に走り出した。黒ずくめの男の1人をかわし、目指すは——

「やはりこちらを狙うか、アカミ君！」

僕が走るその先で、神崎が銃口をこちらに向けるのが見えた。その指が引き金を引く、その瞬間——

——ガァン！

放たれた銃弾と共に、僕は踵《きびす》を返《かえ》した。銃弾は「弾道予測」によってすでにかわしている。振り向いた先には、銃撃に怯《ひる》んだ黒ずくめの男たち。

「うりゃあぁぁあっ！」

──ガコン！

跳び膝蹴りが男の1人の顎に入る！

「あが……？」

崩れ落ちる男。着地した僕はもう1人の男へ。そちらの男は先ほどの銃撃を足に受け、倒れていた。ここまでは僕の読みどおり──いや、誘導のとおり。前のめりに手をついたその男の、首の後ろへ──

──トォン

僕の振り落とした手刀が意識を奪い、男は崩れ落ちる。

当身《あてみ》──マンガなんかでは、手刀で首を軽く叩《たた》いただけで気絶させるような描写がよく登場するが、あれはさすがにフィクションが過ぎる。しかし、一定の条件下でなら――例えば直前に強い衝撃を受け混乱した脳に、別の強い衝撃を加えることで処理負荷の許容量を溢《あふ》れさせ、意識を奪う、という方法。「二段当身」――48の探偵技の内、21番目に数えられる。

「神崎……ッ！」

2人を制し、神崎を追おうとして僕は振り返る――と、その時、胸に衝撃が奔《はし》った。

目線の先に、銃口を向ける神崎。銃口からけぶる煙、そして――

「……ッ!?」

僕は膝をついた。胸元を見る。シャツの左胸に、小さな穴が開いている――？

「ふははは！　さすがだなアカミ君！」

頭上から神崎の声が降って来た。見れば神崎は、ヘリコプターから降ろされた縄梯子《なわばしご》に摑《つか》まりビルの上空へ逃げ去ろうとしていた。

「数々のピンチから生還し、『不死身の名探偵』とまで呼ばれたのは伊達《だて》ではないな。だが、詰将棋は一手、私に及ばなかったようだネ」

「ッ……！」

僕は足を踏ん張り、立ち上がろうとした。

「もうやめておけ。心臓を撃たれたのだ……それにもうすぐ、そのビルは爆発する！」

「……ッ！」

自らを囮《おとり》にしてここまで、周到に用意した上で僕をおびき寄せたというわけだ。先ほどの手下も、最初から使い捨てるつもりだった。まったく、外道というのはどこまでも外道だ──

「私の勝ちだアカミ君！　さらばだ名探偵！」

「……いいや、まだだね」

僕は足元に落ちていた振り棍棒《ブラックジャック》を拾い、そして立ち上がった。

「……⁉　なぜ立てる……⁉」

神崎が驚愕《きょうがく》の表情を見せた。僕は撃たれた左胸のポケットに触れ、裂け目から小さなものを取り出す──それは古ぼけたコイン。僕の探偵の師匠である「親父《おやっ》さん」がお守りにとくれたもの。その表面に、銃弾が突き刺さっていた。

「……まだ詰将棋は終わってないぜ、神崎」

僕は上体を曲げるようにして身構える。9回裏、一死満塁、外野に飛んだフライを捕球し、タッチアップがホームに向かった──ってところだろうか。手に持った振り棍棒《ブラックジャック》を振りかぶり、左足を上げ──大きく踏み込み、捻った身体の遠心力を右腕に伝え、投球を放つ――!

――ガォン!

まっすぐに飛んだ振り棍棒《ブラックジャック》が、神崎の顔面に命中《ストライク》!

「が……ッ!?」

縄梯子から剝がれ落ちるように、神崎の身体が、落ちる。

「名探偵の前は、リトル・リーグで名外野手だったの……知らなかったろ?」

縄梯子から落下した神崎は驚愕の表情を夜空に残したまま、都会のビルの谷底へと吸い込まれるように消えていった。

――ドォン!

僕が今立っているビルの階下で、爆発が起こった。

「ここまでやってようやく引き分け、か……しくじったな」

爆発で崩れ落ちるビルの屋上にいては、いかに「不死身の名探偵」でも生還は難しそうだ——命を捨てる覚悟はできている。だけど——僕はビルの屋上の端まで歩いていって、下を見下ろす。闇に呑《の》まれていった神崎の姿は見えない——この高さでは助からないだろう。僕がこの手で殺《あや》めたのだ。

僕の罪はそれだけじゃない。僕の捕まえた犯人の中には、神崎——プロフェッサー・Dによって追い詰められ、操られてやむなく罪を犯した者もいる。そうした者さえも、正義の名の下に捕らえてきたこと。そしてなにより、自分にとって大事な人さえも結果的に犠牲にしてしまったこと——

階下でさらに爆発が起きた。

神崎は法で裁くことのできない悪党だ。だから僕がこの手で裁くしかなかった。しかし——いわば僕と神崎の私闘に巻き込まれる形で、このビルは爆破されて多くの犠牲者が出るだろう。例えば、僕が途中で手を引いていれば、誰も死なずに済んだんじゃないだろうか——

終わりのない疑問が脳内をぐるぐると回《めぐ》る中、また爆発が起こり、足元が崩れ始めた。

＊　＊　＊

——目を開けると、僕は自分が粗末なパイプ椅子に座っていることに気がついた。

「……こんにちは、探偵さん」

優し気に言う女の声がした。僕の座るその前に粗末な机、その向こう側が透明な板で仕切られ、その先に黒いベールで顔を隠した女が座っていることに、僕は気がついた。

身体を起こし、あたりを見回してみる。広めの個室だが、なにもないがらんどうの部屋——目の前の透明な板の向こう側の他に、外に繋《つな》がるものはなにもないように見えた。

身じろぎした身体に、違和感を覚えて目を落とす。パイプ椅子に座る両膝の上に、置かれた自分の手——その手首に、鈍く光る手錠がはめられているのを、僕は認識した。

「どういう状況か、わからないといった様子ね？」

黒いベール越しに、女がそう言った。

「私の名はカロン。あなたがこれから行く場所……『監獄界』で裁判員《ジャッジ》を務めているの」

「監獄界……？」

僕が応じると、女は妖艶《ようえん》な笑みを浮かべた。

§1　名探偵と残虐怪人ブッチャー・ゾッグ

「ここが、その『監獄界』だってこと？」

　僕はあたりを見回した。粗末なパイプ椅子に、アクリル製の面会窓。まんま、留置所の面会室を思わせるような場所だが、なんとなく違和感がある。

「違うわ、ここは監獄界じゃない。まだね」

「まだ……？」

「ここはあなたのイメージの中の世界よ。簡単にいえば夢の中ってことね」

「夢……」

　僕は確か、爆発で崩れ落ちるビルの屋上にいたはずだ。だとすると、死の間際《まぎわ》に見る夢がまさにこれだということだろうか？　しかし——

「それじゃ、監獄界ってのは、なに？」

　僕の問いかけに、カロンは足を組み替えて答える。

「裁きの場よ」

「裁き……？」

「そこはあなたの生きていた世界とは別の世界。あらゆる世界から、罪を犯した者たちが集められる場所」

「……そうか」

僕は自らの手を汚し、神崎を倒した。多くの犠牲と共に。その罪を償う場所がその「監獄界」だっていうことか。

「閻魔大王《えんまだいおう》様にでも裁かれるっていうことなのかな」

もともと、僕は死んだはずだったのだ。ここが夢の中だろうと、これから地獄へ連れていかれるのだろうと、別にどうでもいい。罪を償えというのなら、受け容《うい》れるまでだ。

しかし、カロンは静かに首を振る。

「閻魔大王……あなたの世界での伝承よね。だけど残念ながら、『監獄界』の裁きはそんなものじゃない。なにしろ、文明も、時代も、文化も……なにもかも異なる別世界から集められた大罪人たちを裁く共通の法なんて、どこにも存在しないのだからね」

「ふうん……」

どうもこのカロンという女は、もったいぶるような言い回しが好きなようだ。

「だったら、あなたの裁判員《ジャッジ》という肩書は？」

僕の質問に、カロンはにっこりと笑って応じる。

「私の仕事は罪を裁くことじゃないわ。戦いを見届けることよ」

「戦い？」

「そう。あなたたち罪人が、お互いの罪を裁き合う戦いの場……闘争裁判《デュエルコート》の見届け人。それが私たちよ」

闘争裁判《デュエルコート》――それはつまり、中世で行われたという決闘裁判のようなものか。原告と被告が決闘し、その勝敗で裁判の決着をつけるというアレだ。

黒ずくめの女は話を続ける。

「監獄界には様々な世界から、特に凶悪な罪人が送り込まれて来るわ。彼ら『闘罪人《クリミナル》』たちは、お互いの罪を賭け、戦うことになる。そして……」

カロンはそこで、僕の反応を見るように身を乗り出す。

「最後のひとり《ラスト・クリミナル》となった者は、新たな命を得て無罪放免よ」

「なんだって……？」

カロンは静かに頷《うなず》いた。僕はため息をつく。

「つまり、自由を勝ち取りたければ戦え、と……」

「そういうことになるわね」

「……せっかくだけど」

僕は手錠をはめられた手を上げ、鳥打ち帽《ハンチング》をかぶり直した。

「僕は大人しく罪を受け容れるつもりでいる。そんな戦いに参加するつもりはないよ」

「あら……あなたが勝たなければ、他の凶悪犯が野放しになるのよ？　正義の名探偵がそれでいいのかしら」

「別世界の犯罪者に対してそう言われてもね」

カロンは長い足を組み替え、身を乗り出した。

「まあでも、そう結論を急がないで……ここへ来てもらったのは、あなたへ『依頼』をするためなの」

「依頼……？」

カロンは頷き、手のひら大のなにか平べったいものを取り出してこちらに差し出した。

「これは賢明なる蝋盤《スマートタブ》と呼ばれるもの。今回の闘争裁判《デュエルコート》の参加者の情報がすべて入っているわ」

透明な板の下に開いた隙間越しに、僕はそれを受け取った。ガラスのような表面に指で触れると、そこに人の顔と名前のリストが映し出される。名前をタップすれば、その人物が犯した罪について、詳細な記述が現れた。

「……どれもこれも、胃もたれがしそうな凶悪犯ばっかりだね」

猟奇殺人、裏切り、食人、怨恨《えんこん》と捻《ね》じれた情愛——ただ凶悪なだけの犯罪ではない、怪奇な事件を起こした者ばかりが集められている。

「監獄界では、もう戦いが始まっているわ。既に派閥を形成している者たちもいる。あなたが最後の参加者よ」

カロンは再び身を乗り出し、口を開く。

「そして……ここからがあなたへの依頼」

僕は蝋盤《タブ》から顔を上げ、カロンの目を見た。カロンは言葉を継ぐ。

「この100人の中に、冤罪《えんざい》でここに送り込まれた者がいるの」

「なんだって……⁉」

カロンはベールの奥でなお、静かに微笑《ほほえ》んでいる。

「その人物を捜し出すことがあなたへの依頼よ」

「捜し出す、って言っても……」

冤罪——それはまた、穏やかではない話だ。先ほどからのこの女の話によれば、この監獄界は凶悪犯の巣窟《そうくつ》。罪を犯した者が、なんらかの方法で送り込まれてくる場所——恐らくは、なんらかの超常的な力によって。しかし——その超常的な力が、冤罪を起こす、というのは――？

「……誰が、とか、どんな事件でどんな罪を着せられて、とかそういう詳細な情報は？」

「ないわ。100人の闘罪人《クリミナル》の中に冤罪の者がいる、それだけよ」

「それがわからないのに、冤罪の人間がいるってことだけはわかってる……ってこと？」

カロンは無言で、手のひらを上に向けてみせた。その上に天秤《てんびん》のようなイメージが浮かぶ。

「罪の総量がね、合わないのよ」

「総量……？」

「この世界は微妙なバランスで成り立っている。今、この世界にある『悪』の総量と、『罪』の総量が釣り合っていない……つまり、どこかに間違いがあるっていうわけ」

「ふうん……それが『冤罪』だ、と」

「ええ。闘罪人《クリミナル》の中に、『悪』と『罪』が釣り合っていないものがいる。それを捜し出してほしいの」

僕はため息をついた。「罪」とか「悪」とかをどういう基準で計量しているのか、さっぱりわからないが――それはそういうものとして受け止めるしかないだろう。問題は、100人の中から冤罪の人間を見つけ出すという部分――

「無茶な依頼だなぁ……」

「だからこそあなたに頼むのよ、名探偵さん」

カロンはその白い指を顎にあて、言う。

「もちろんタダでとは言わないわ。依頼を達成した暁には、あなたも無罪放免……ってことでどう？」

「言ったでしょ。僕は自分の罪を償うつもりでいるって」

「そう。でも……どうせ償うなら、元の世界で償うべきじゃないかしら？」

「………」

僕が黙っていると、カロンは畳みかけるように身を乗り出す。

「この監獄界のどこかで、白いものが黒だと言われている……その状況を、名探偵は見過ごせるのかしら？」

「……それは挑発と受け取っていいの？」

「どうとでも。とにかく、私はあなたにこの件の白黒をはっきりさせてほしいだけよ」

僕はカロンの目を覗《のぞ》き込む。人間離れしたルビー色の瞳――ここはイメージの世界だと言っていたけど、瞳孔や虹彩《こうさい》まではっきりと認識できる。

目の動きに感情は確かに出るが、それを過信してはいけない。それは僕の探偵としての経験則だ。この女の、この世界の、この話のどこまでが真実で、どこまでが幻想なのだろう？　最初から現実離れしたこの状況で、僕はなにを信じるべきだろうか――

「……白黒、か」

　僕はため息をついた。

「昔、ある人が僕に教えてくれたんだ。探偵の仕事は白黒をはっきりさせることじゃないってね」

「……ふうん？」

「どんな人間でも、ある部分は白で、ある部分は黒っていう面がある。時に社会秩序は、それをどちらか一方の色で塗り潰してしまう……だけど探偵の仕事は、その人をどちらかに塗り潰したりせずに、その人のありのままの姿をつまびらかにすることなんだ」

　それは僕がある人物から、受け継いだ信念だった。僕に探偵術を仕込んだ師であり、僕が命を救われた大恩人であり、そして――僕のせいで命を落とした人。最期《さいご》までその信念を貫いたあの人が、ここにいたらなんと言うだろう――なんだかわからない世界に、なんだかわからない依頼。まるで雲を摑《つか》むかのような謎だらけのこの状況。その中には必ず、ありのままの真実が存在しているはず。

「……探偵として犯した罪は、探偵として償うしかない」

罪を着せられた人を助け出す──それは、罪を犯し、この世界にやって来た僕ができる最大の償いだと思われた。

「……この依頼、受けるよ。名探偵の僕の前には、ひと欠片《かけら》の謎も残しはしない」

「ありがとう。期待してるわよ、名探偵さん」

カロンはそう言ってにっこりと微笑んだ。

＊　＊　＊

闘争裁判《デュエルコート》規則
その一、闘罪人《クリミナル》は任意の手段と量刑を以《もっ》て、他闘罪人《クリミナル》の罪を裁くことが認められる。
その二、裁きを受けない限り、闘罪人《クリミナル》は戦いを続けなければならない。
その三、自ら罪を認め受け容れた闘罪人《クリミナル》は、速やかにその報いを受ける。

カロンから受け取った賢明なる蝋盤《スマートタブ》──そこには、闘争裁判《デュエルコート》のルールや、参加する闘罪人《クリミナル》のリスト、この監獄界の地図など、様々な情報が記されていた。

装備はその他に、携帯食料が入ったバッグがひとつだけ。これもすべての参加者が持っているらしい。

今回の闘争裁判《デュエルコート》に参加している闘罪人《クリミナル》は100人。どうやら、この地に降り立ったのは僕が最後のひとり──つまり、戦いは既に始まっている。

僕は蝋盤《タブ》の画面をタッチして情報を切り替え、地図を表示した。高台から見渡す景観を、その情報と照合する。

岩がちの丘はひんやりとした空気に包まれ、降り立ったばかりのこの大地を遠くまでよく見せてくれる。丘の麓に広がる森、その先に延びる海岸線。海の向こうまで視線を延ばせば、水平線の手前が壁のような雲で遮られているのがわかる──その雲はぐるりと島を囲っているようだが、反対側を振り向けばそこには今いる丘よりも高い岩山がそびえ、視界を遮っていた。その岩山には城か砦《とりで》のような、殺風景な建物が険しい岩肌に張り付くようにして建てられている。

「これが監獄界か……」

ぱっと見ではそれなりの大きさの島だ。端から端まで、歩いたら丸1日くらいはかかるんじゃないか。しかし、空に厚く立ち込めた雲が水平線の壁と一体となり、島全体を周囲から隔絶していることが、周囲の空気を重苦しくしている──雲の切れ間に目を凝らすと、そこにはなにか巨大な鉄格子《てつごうし》のようなものまで見え隠れしていた。

闘争裁判《デュエルコート》――これからここで、その戦いに臨む。そしてあの黒ずくめの女――「カロン」からの依頼は、この監獄界に冤罪で送られた闘罪人《クリミナル》を捜し出すこと。
――まさか死んでも探偵をやることになるとは思わなかったな。我ながら呆《あき》れ返ってしまうが、依頼を受けると決めた以上は必ず解決してみせる。なぜなら僕は名探偵なのだから。
それに――おかしな違和感が、僕の心に引っ掛かっていたのだ。経験上、こうした違和感が外れることはまず、ない――と、いうよりも、違和感を紐解《ひもと》くことそのものが「探偵」の仕事だと言ってもいい。この違和感が引っ掛かったままでは、死んでも死に切れないというものだ。
「まぁ、死んだ気になってやってみるか、と……」
我ながらうまいことを言った、などと思いつつ、賢明なる蝋盤《スマートタブ》のページを切り替える。
監獄界での戦い――闘争裁判《デュエルコート》に関して、あの後カロンにいろいろ尋ねたのだが、「行けばわかる」とだけ言って碌《ろく》なことは教えてもらえなかった。聞き出せたのは、既に戦いは始まっており2日ほどの時間が経過していること。また、物理法則などは元の世界と同じだが、元の世界で得た特殊能力――例えば魔法などは、そのまま使用可能なこと。それに加え、闘罪人《クリミナル》にはある特殊な能力が発現することがある、ということ――

「体験に勝るものはない……とは言っても、下調べも同じくらい重要なんだよなぁ」

賢明なる蝋盤《スマートタブ》にも、カロンが言及した以上の情報は記載されていなかった。つまり、その意味するところは、このゲームは「隠された情報を先に得た方が有利になる」というタイプのものであることだ。

「……しかし、ルールを全開示しないってのは、裁判としてどうなんだ?」

そうなってくると、なによりも重要な情報はこれ——闘争裁判《デュエルコート》に参戦する闘罪人《クリミナル》のリストだ。残虐怪奇な事件を引き起こし、この監獄界にやって来た100人の大罪人。いやほんと、リストを眺めているだけで胸焼けがするような、怪奇な事件のオンパレード。

その中に何人か、他と毛色の違う人物がいた。根っからの悪人ではなく、やむにやまれず罪を犯した、とされる人たち——大切な人を守るため、より大きなもののため、または不運の坂を転がり落ちるようにして。

「こういう人たちにまず会ってみたいところだけど……」

全員が敵のバトルロイヤルルールだとはいえ、協力者がいた方が有利なのは間違いない。

カロンは「最後のひとりになるまで闘い続ける」のだと言っていたが、闘罪人《クリミナル》同士が手を組むことは禁止されていないようだし、既に手を組んでいる者たちもいるようなことを言っていた。

このルールで重要なのは如何に敵を作らないか、だろう。ならば、まずは話の通じそうな人と会っておくべきだった。

しかし、問題がひとつ。それは今回の依頼が「冤罪《えんざい》」に関するものだということだ。つまり――

――ガサッ‼

その時、目の前に広がる森の中から何者かの動く音がした。藪《やぶ》の中から、何かが現れる――？

「……はぁっ、はぁっ……！」

身構えた僕の前に、転がり出るようにして現れたもの――それは、僕と同い年くらいの、銀髪の少女だった。

白い装束に革の胸当てという姿。僕の暮らしていた現代日本とは違う文化圏の出で立《い》ち《た》。

何かから逃げてきたのだろうか、激しく息を切らしている――と、僕に気がついた少女は一瞬、驚いた顔を見せた。

「……あなたは……⁉」

しかし、少女はすぐにその表情を切り替え、僕に向かって叫ぶ。

「敵が迫っています。早く逃げてください！」

「逃げて、だって……？」

正直、僕は面食らった。だってそうだろう。お互いに殺し合え、って言われて来た場所で、最初に出会った相手の第一声がそれだなんて、誰が想像しただろうか。

——さて、ここで問題だ。この場合、僕はどうするべきか？
①まずは手を差し伸べ、傷の手当てをする。
②迫る危険に備えて周囲を警戒する。
③明らかに罠《わな》なので、先手を取ってこの少女を無力化し、人質や盾として活用する。
『華の高校生名探偵としては、やっぱりスマートに②を取りつつ①でしょ？』

心の中で、善の心を持ったお人よしの僕——通称・白探偵がそう主張する。しかし、一方には悪の心を持った合理的で猜疑《さいぎ》心の強い黒探偵がいて、その主張に首を振る。

『おいおい、ここは現代日本じゃないんだぜ？　よりにもよって、凶悪犯罪者同士が相手を出し抜き合ってんだ。だったら③一択だろ。もしこの少女にこっちを騙《だま》す意図がなかったとしても、ノーリスクでライバルが1人減ることになるしな』

『リスクが一番低い選択肢に飛びつくようじゃ正義の名探偵とは言えないよ。悪人とはいえ、誠意をもって接することが後々必ず役に立つはずさ』

『役に立つ前に死んだら元も子もないだろうが！』

脳内で論争を続ける白探偵と黒探偵。ふむふむ、双方の主張、共に一理あり。ところで君たち、なにか重要なことを忘れてないかい？

『『なに？』』

それはね――僕は既に、この人物のことを知ってるってことさ。

ここまで、0.1秒。そして僕は目の前の少女に声をかけた。

「ルーザ・リルベルティさんだよね？」

「え……？　どうして……」

「話は後だ。敵は？」

「……すぐそこに……！」

――グオオオオォッ！

唸《うな》り声が聞こえた。思ったよりも近い――僕はルーザを助け起こす。

「立てる？」

「え、ええ……」

「ならこっちだ。急いで！」

僕らはそのまま、森の中へと駆け込む――その時、別の声が聞こえて来た。

――ぎゃあああああ！

男の悲鳴――それを耳にしたルーザは唇を噛《か》む。

「……早く！」

僕はルーザを促し、森の中へと入った。

＊　＊　＊

昼間でも、森の中は暗かった。ゆるやかな斜面に木々が鬱蒼《うっそう》と生い茂り、足元は膝ほどまである草に覆われている。悪く言えば、いつどこから襲われてもおかしくない環境だ。

しかし、よく言えば――もしこちらが先に相手を発見した場合、大きく有利になるだろう。足跡、草の倒れ方、そして折れた枝――この森の中で、痕跡を残さず移動することは不可能。ならば、相手に発見される前にこちらが相手を発見するのは、ごく初歩的な推理の技だ。

「……だから、ルーザさんがいったん森を出たのはいい判断だった。それで足跡が途切れるからね」

僕はルーザに向かって言う。ルーザは警戒しているのか、目を伏せ黙っていた。

隠れ場所は森の中の窪地《クレーター》。茂みがいい感じに姿を覆い隠してくれる。一度森から出た後、もう一度別の場所から入る――それによって、痕跡を追うことはできなくなっているはずだが、用心に越したことはない。

「……どうして私の名前を知っているのです？」

銀髪の少女――ルーザが黄金色の瞳を僕の目と合わせた。僕はその目を見返し、笑う。

こういう時、相手をなるべく安心させるような振舞いをするのも名探偵の心がけだ。

「闘罪人《クリミナル》のリストは全部頭に入ってる。あなたが『千人殺しの魔女』と呼ばれていたことも、その前は『救国の聖女』と呼ばれていたことも、蝋盤《タブ》には書いてあった」

「……え……？」

「ルーザ・リルベルティ――魔導王国フェリージエンの貴族、リルベルティ家の一人娘であり、数少ない神聖な魔力の使い手の中でも最高位の『聖女』として選ばれた女性。その神聖な力で魔の勢力を退けていたが、『災厄の夜』に襲来する魔王軍に対し、どういうわけかその力を使うことなく、多くの人々が魔物の犠牲になった……」

それが、賢明なる蝋盤《スマートタブ》に書かれていたルーザの罪状。この情報が本当なのだとすれば、この女性とは交渉ができそうだ。味方につけた方が得策だろう、とあらかじめ目星をつけていた人物のひとりと、最初に出会えたのは運がいい。

「あなたはなんらかの理由で、その罪を犯さなくてはならなかった。違う？　もちろん、それで罪が清算されるわけではないかもしれないけど……」

――実は、これは僕のカマかけだ。蝋盤《タブ》に記されたプロフィールはざっくりとしたものだから、それだけで実際の人となりまでを判断することはできない。

ルーザは一瞬、目を丸くし――そしてその一瞬後、眉間に皺《しわ》を寄せて顔を背けた。

「あなたには関係のないことです」

「……そりゃそうだ」

僕は帽子を目深《まぶか》に下げた。黄金色の瞳に、あわよくば協力関係を築こうというこちらの下心を見透かされたような気がした。

彼女は視線を戻し、言う。

「身を隠す助けをありがとうございます。今のうちに早く逃げてください」

「……え？」

「あなたはまだ存在を気づかれていません。あいつが私を追って来る間は安全でしょう」

そう言ってルーザは踵《きびす》を返し、森の奥へと向かおうとした。

「ちょ、ちょっと待って！」

僕は思わず、その肩を摑《つか》む。

「なんです？」

「いや、おかしいでしょ。この状況で自分が囮《おとり》になって僕を逃がすとか。ここのルール、わかってる？」

振り返ったルーザが小首をかしげた。

「けど、あなたは人間でしょう？」

「……え」

「囚人だろうと悪人だろうと、人間は人間です。出会った者には手を差し伸べ、敵対した者とは敬意を持って戦います」

そう言ってルーザはにっこりと笑った。

「あなたもお気をつけて。どこかで戦うことになれば、その時はよろしくお願いします」

「…………！」

参ったな――僕はため息をつき、ルーザの肩を摑んだ手に力を込めた。

「……なんです？」

「さっきの悲鳴は、あなたの仲間？」

「え？　ええ……そうです」

ルーザは表情を曇らせた。僕はその表情に向かって言葉をかける。

「他に仲間は何人？」

「……私を入れて、全部で5人でした。残りは4人、ということになるでしょうか」

「いや、5人だ。僕を入れてね」

「え？」

僕は帽子の鍔《つば》を上げ、ルーザに向かって笑う。

「僕は明髪《アカミ》シン。名探偵だ。よろしく、ルーザさん」

「メイタンテイ……？」

――と、話はそこまでだった。木々の向こう側から、もう一度悲鳴が聞こえたのだ。先ほどとは別の声――しかも近い。

「……ここはまずい。行こう」

僕はルーザにそう声をかけ、身をかがめて森の中を移動し始めた。茂みを抜け、悲鳴から離れて森を出ようと移動する。木の枝をくぐり、草をかき分け、声を押し殺して薄暗い空気の中を慎重に動く――

――と、その時突然、視界が開けた。

重なり合うように茂った木々の間を抜けた途端、広い空間が現れて白い光が瞼《まぶた》を焼く。

濃い緑の中に、不意に現れた広い空間。そして――

「……ひっ⁉」

ルーザが短く悲鳴を上げた。

同時に、僕の目も光に慣れ、それの存在を認識した。

「……なんだ、これ……？」

森の中に突如、現れた明るい場所は、まるで地下室のような空間だった。

なにを言っているか、わからないと思うが――でも、そうとしか言いようがないのだ。

剝《む》き出《だ》しの地面、その周囲に煉瓦《れんが》を重ね、築かれた壁――しかし、その壁は途中で途切れ、上は空に向かって開かれている。その壁沿いに設《しつら》えられた上に延びる階段――これもまた、途中で途切れていた。そして、床や壁にこびりついた夥《おびただ》しい血痕――森の中にそんなものが突如現れて、僕らはその中にいて、そして壁の上からは太陽の光が降り注いでいたのだ。

そして――ルーザが悲鳴を上げた最大の理由が、正面の壁にあった。その場所の異様さをことさら際立《きわだ》たせているそれ――壁に取り付けられた巨大な肉吊り鉤《ミート・フック》と、それに胸を貫かれ、吊《つ》るされたモヒカン頭の男の死体。

「……そんな……ッ」

ルーザが震え、息を呑《の》むその隣で、僕の頭はこの異様な状況を理解しようと音を立てながら稼働《かどう》し始めていた。森の中に現れた地下室と、鉤爪《かぎづめ》に吊るされた遺体――なぜこんなものがあるのか？　そして、誰がこれをやったのか？

――フーッ、フーッ

背後から、荒々しい息遣いと共に足音がした。僕は振り返り――そこに現れた巨大な人影を見る。

「……これは……ヤバい……」

血まみれの革のエプロンを纏《まと》った巨人――３ｍはあろうかというその頭部に麻布の袋を

被《かぶ》った異様な怪物。手に大鉈《おおなた》を持ち、逆の手には半裸の男の死体を引きずっている。

「ブッチャー・ゾッグ」

頭の中のカタログに、その名前がすぐヒットした。正直、闘罪人《クリミナル》の中で一番会いたくなかった相手――何を考えているか、まったく読めない怪人。こいつが、ルーザの仲間を襲った相手――！

――グオオオオオ！

ゾッグが、その布袋の中から吼《ほ》えた。人間の声とは思えない咆哮《ほうこう》だった。

＊　＊　＊

ブッチャー・ゾッグ――賢明《スマート》なる蜴盤《トタプ》の情報によれば、元いた世界で数百人を殺害し、その遺体を切り刻んで整形した上、潜んでいた古い館の地下室に保管していたという猟奇殺人鬼《スラッシャー》。

その咆哮はまるで獣のように、森の中に響き渡った。そして、その腕がゆっくりと、大鉈を持ち上げ――

「……危ない！」

僕はルーザを庇《かば》いながら、横っ飛びに地面を蹴る！

――ズドォォン‼

地響きを立て、大鉈が大地を割るのが見えた。僕は地面を転がり、立ち上がる。

「立って！　早く！」

ようやく立ち上がったルーザの手を引いて、逃げようとする。が――

「グオオオォォォ‼」

ブッチャー・ゾッグがもう片方の腕を振るい、そこからなにかがこちらへ、飛ぶ――

――ベチァッ！

濡《ぬ》れ雑巾のような音を立て、それは――半裸の男の遺体は、僕とルーザを巻き込むように覆いかぶさった。

「……ひっ……ッ！」

男の身体《からだ》から流れる血をべっとりとかぶったルーザの、顔面が蒼白《そうはく》になっている。くそっ──僕は遺体をどけつつ、ルーザを突き飛ばした。

──ぐしゃぁぁっ‼

再び、落ちて来た大鉈が、半裸の男の遺体を真っ二つに切断した。

「しっかりして！　ルーザさん！」

僕は地を転がりながら、ルーザに呼びかける。が、ルーザは尻餅をついたまま、呆然《ぼうぜん》としていた。ブッチャー・ゾッグがそちらを、振り向く──

ああもう、仕方ない！　僕は背中を向けたゾッグへと向かい、走った。そして、その背後から──

──トン

僕の蹴りが、命中した。狙いどおり――膝の裏に入れた蹴りによって、ブッチャーの体勢が大きく崩れ――

――ズン！

そのまま横倒しになった。

「48の探偵技・その31、『しゃがみ強K』！」

ダメージを狙うのでなく、確実に相手をダウンさせる蹴り。もちろん、ゲームの技とは違ってタイミングが重要なのだけど。

「ルーザさん！」

「は、はい……！」

ルーザはようやく立ち上がった。しかし、その顔色はいまだ青く、足元もおぼつかないままだ。無理もない――いきなり仲間の死体を投げつけられたのだ。

「ググ……」

声がして僕は振り返り、ゾッグに向かって身構えながら牽制《けんせい》する。既にゾッグは立ち上がり、こちらに向き直っていた。思ったより俊敏だ――さて、この場をどう切り抜けるべきか。

と、ゾッグが背中を丸めるようにして下を向き——そして、その反動を解放するようにして、吼えた。

——グオオオオッ‼

森の中の地下室にその叫びが反響し、ビリビリと振動する。まるで、空間そのものを呼び覚まそうとするような叫び——そして、そのゾッグの叫びに、応えるものがあった。

——ズズズッ！

それは地下室の床から、壁から、突然現れた。金属製の枷《かせ》、棘《とげ》に覆われた椅子、歯車や、枷付きの車輪、内側に棘の付いた棺《ひつぎ》——明るいのに暗い、血にまみれた地下室を埋め尽くすような、冷酷なる拷問器具の数々。それらがまるで、タケノコかなにかみたいに生えてきたのだ。

「な、なんだ……⁉」

――と、驚く暇もなく、事態は次の段階に進む。鈍い色に輝くそれらの拷問器具が、まるで生き物のように蠢《うごめ》いてその触手を伸ばす――

――ズズァァアッ！

手枷や足枷、金属のフックや棘といった拷問器具の一部が、こちらに襲い掛かって来る！

「なんだこりゃぁ⁉」

僕は飛んで来るそれらの攻撃を避け、横に走る。森の中に現れたこの空間がそもそも異様なのに、それが意思を持っているかのごとく、襲ってくるなんて――⁉

――バガン！

巨大な口を開いた獣のように、襲い掛かってきた鉄製の棺――その中は棘でいっぱいだった――を僕はステップしてかわす、と、その目の前にはゾッグの巨体があった。

「グオオオオォッ‼」

——ズドム！

振り下ろされる巨大な鉈《なた》を、僕は地に転がってかわす。こいつは厄介だ——巨大なケダモノと、小規模ながら凶悪で手数の多い拷問器具による連係攻撃。そう、明らかにこの部屋は、ゾッグの意思を受けて蠢いている——！

「あ、アカミ……」

僕の転げたその先に、ルーザがいた。まだショックから立ち直っていないらしく、ほとんど棒立ちのようになったままだ。まずい、このままじゃ逃げることもままならない。僕はルーザの方へと向かい、両の手を繰り出す——

——パァン！

手のひらが目の前で乾いた音を立てると、ルーザはびくっと身体を痙攣《けいれん》させた。猫だまし《クラップトリック》——衝撃の発信元に、ルーザの目の焦点が合う。

「頼むよ、『千人殺しの魔女』。放心してたら死ぬよ？」

僕がそう声をかけると、ルーザの目に光が戻る。その細い首が縦に動き、ルーザはコクリと頷《うなず》いた。

「グオオオォォォ‼」

背後でブッチャー・ゾッグが吼える。僕は振り向き、身構えた。ゾッグは再び、大鉈《おおなた》を振り上げてこちらへ向かい――

「……聖浄なる閃光《ホーリー・フラッシュ》！」

――カッ！

ルーザが高らかに唱える声、それと共に、僕の背後から強烈な閃光《せんこう》が輝く！

「グアァァッ⁉」

閃光をまともに目にしたゾッグは怯《ひる》み、大鉈を振り上げたまま うろたえて後じさりした。

「こっちへ！」

その隙を逃さず、僕とルーザは森の中へと逃げ込む。背後からゾッグの咆哮が聞こえてきた。

＊＊＊

闘罪人《クリミナル》ＩＤ：37　ブッチャー・ゾッグ。

異形の姿でこの世に生を受けたために、地主だった父親は彼を館の奥に監禁した。そのまま18年の時を過ごすが、ある日館に強盗が押し入り、両親や使用人たちを殺害する。その時、自室から解放されたゾッグは、自らを解放した強盗を殺害。その様子を見た母親が「笑った」ようにゾッグには思われたことから、それ以降、館に近づく近隣の人間をさらい、殺害しては母親に捧《ささ》げるようになった。

「……ゾッグにとって唯一、自分に優しくしてくれた母親が笑うことだけが世界の真実であり、そのため、実に50人以上を殺害して母に捧げ続けた、と……」

賢明なる蝋盤《スマートタブ》に記載されたゾッグの情報はそれだけだった。僕は蝋盤《タブ》から目を上げ、ルーザに向き直る。ルーザは眉間に皺《しわ》を寄せて話を聞いていた。

「なんとおぞましい……同じ人間のやることとは思えません」

「まぁ、ね……」

そう答えはしたものの、僕の感想は別のところにあった。よく考えたら、闘罪人《クリミナル》はそれぞれ、別々の世界から集まっているので、生物学的に同じ人間であるとも限らないわけだ。あのブッチャー・ゾッグというのはほとんど化け物にしか見えなかった。

「先にその辺、確かめたいところだけどな」

僕は蝋盤《タブ》を操作し、地図を表示する。今隠れているこの場所は、森の中に現れた断層のような、小さな崖の下——草と木に囲まれ、周囲からは見えづらい場所だ。地図によれば、さっきの高台の南側、森が西に切れる近くにいるらしい。

僕はルーザに向かい、声をかける。

「一応、確認だけど……さっき吊《つ》るされてたのもやっぱり……」

「ええ……これで残りは3人……」

気丈さを取り戻したかに見えたルーザの表情がまた曇り、今にも泣き出しそうになる。

やれやれ——どうやらこの人は、こういう場所にまったく向いていないらしい。

「4人だよ。僕がいる」

「……そう、ですね……」

そう応じたルーザの表情は曇ったままだったが、今はまずこの状況をどうにかすることだ。僕はあたりの様子を確認しながら、口を開く。

「ところで……さっきの聖浄なる閃光《ホーリー・フラッシュ》ってもしかして、魔法ってやつ？」

「え、ええ……私の世界では聖光《せいこう》魔法と呼ばれるものです」

ふうん、と僕は鼻を鳴らす。元の世界で使える力は、こっちでも使える、と——

「他にはどんな魔法が使える？」

「私が使えるのは聖光魔法だけで……戦いの役に立つ魔法は、あまり」

ルーザによれば、聖光魔法は回復や浄化は得手だが、攻撃力はまったくないらしい。どうやら、ゾッグとの戦いであてにはならなそうだ。

「……ゾッグのあの能力も、やつの世界の魔法みたいなものなのかな？」

拷問器具が現れ、生き物のように襲い掛かってきたあの力——しかし、ルーザはそれに対して首を横に振る。

「……あれは恐らく、ゾッグの罪威《ヴァイス》です」

罪威《ヴァイス》——今しがた、耳にしたその単語が反響するように脳内を巡った。

「あれが罪威《ヴァイス》、か……」

それも、カロンから聞いた話の中にあった。罪威《ヴァイス》——この世界に来た者たちが持つ、『罪の形』。闘罪人《クリミナル》の中には、稀《まれ》にそうした特殊な力を発現する者がいるのだという。目《ま》の当《あ》たりにするまではピンと来なかったが、あれがそうか——

「闘罪人《クリミナル》は罪威《ヴァイス》によって、自分が犯した罪をこの監獄界に再現し、具現化する……恐らくゾッグはかつて、ああした場で多くの人を殺《あや》めてきたのでしょう」

ルーザが語るのを聞きながら、僕は先ほどの光景を思い出した。巨大な肉吊り鉤《ミート・フック》や蠢く枷、獣の牙のように襲い掛かる棺。つまりそれは、血を求め人の苦痛を求めるゾッグの嗜《し》虐《ぎゃく》趣味そのものが、具現化した姿だというわけか。

「ちなみに、あなたは罪威《ヴァイス》は？」

「いえ、私にはありません」

ルーザは首を振った。当然、僕にもない。罪威《ヴァイス》が発現する者と、そうでない者の条件がどこかにあるのだろうか。僕は自分の手を見る。僕にああいう力が発現するとしたら、その「罪の形」はどんなものなんだろう。

——いやいや、そんなことより今は目の前の危機を切り抜けることだ。巨大な大鉈を振り回す出鱈目《でたらめ》な体格に加え、こちらの言葉が一切通じなそうなあの獣性。それにあの罪威《ヴァイス》。なによりも、人を傷つけ苦しめることそのものを快楽とするようなその嗜虐性——

「……待てよ？」

僕の脳裏に、引っかかるものがあった。

この違和感。集めた情報と情報の間に生まれるわずかな断裂から、差し込む光。それを即《すなわ》ち、インスピレーションと呼ぶ。

「どうしたのです？」

「これは、謎、だな……」

ルーザが問う声にも答えず、僕は頭の中で推理を組み立てていった。この世界に関する情報の繋《つな》がり、そしてその間に生まれる未解明の箱《ブラックボックス》。大きな謎が紐解《ひもと》けていくその過程で、いくつかの小さな謎が絡《から》まった紐《ひも》のように引っかかりを残す。しかし――

「……名探偵が謎を見つけたら、ひと欠片《かけら》も残すわけにはいかないな」

僕は顔を上げ、きょとんとしているルーザに向き直った。

「行こう。いつまでもここにいるわけにはいかない」

「あ、はい……地図によれば、あっちから森を抜けられます」

「いや」

僕は立ち上がる。

「行くべきはそっちじゃないよ」

「……え？」

訝《いぶか》るルーザに、僕は帽子の鍔《つば》を上げてみせた。

闘争裁判規則《デュエルコート》

その一、闘罪人《クリミナル》は任意の手段と量刑を以《もっ》て、他闘罪人《クリミナル》の罪を裁くことが認められる。

その二、裁きを受けない限り、闘罪人《クリミナル》は戦いを続けなければならない。

その三、自ら罪を認め受《う》け容《い》れた闘罪人《クリミナル》は、速やかにその報いを受ける。

＊＊＊

賢明なる蜥盤《スマートタブ》の中に、記載されていたこの監獄界の規則——これが手がかりその1。他にもいくつか、確かめなければならないことがある。

僕らは森の中に残された痕跡を追い、ブッチャー・ゾッグを先に発見した。それは森の中にできたちょっとした広場。ゾッグはその中で、装飾の施された椅子に座っていた。

僕は木の陰からその様子を窺《うかが》う——ゾッグの周囲は、レンガ造りの床に赤いカーペット、背後には暖炉のようなものまで出現していた。その中央に置かれた玉座のような椅子に、まるで王様か館の主人のように座るゾッグ。恐らくは、これが奴《やつ》の罪威《ヴァイス》によって出現した領域《テリトリー》。奴が自らの居室として生み出したこの場所——これが手がかりその2。

「……グ……」

ゾッグが顔を上げた。目の前にルーザが姿を現したからだ。

「お休みのところ失礼するわ、ブッチャー・ゾッグ」

ルーザが口を開いた。ゾッグは身じろぎをして玉座から立ち上がる。

「オ……オンナ……」

ゾッグの言葉らしい言葉を聞いたのは初めてだが、なるほどな——

「あなたに闘争裁判《デュエルコート》を申し込みます。あなたの罪を、私が裁いてみせる」

そう言ってルーザは短剣《ダガー》を構えた。

ルーザとゾッグの体格差は2倍以上。持っている得物も、彼女の身長近くある大鉈に対してちっぽけな短剣《ダガー》だけ。ゾッグにしてみれば、まるで蚊が刺しに来たようなものだろう——心なしか、ゾッグの顔が笑ったように見えた。

「グオオオォォォッ‼」

ゾッグが吼《ほ》えた——今だ！

僕は隠れていた木陰から一気に、ゾッグの背後へと駆け出す。狙いは再び、しゃがみ強K——膝の裏側だ！

——ガキィッ！

僕の放った蹴りが、止まった。ゾッグの膝は強固な筋肉で衝撃に耐えたのだ。

ゾッグが振り返り、大鉈《おおなた》を振り上げる。僕は距離を取って回り込み、大鉈から逃げようとする——

「聖浄なる閃光《ホーリー・フラッシュ》！」

——カッ！

僕の回り込んだ方へと駆けつけたルーザが、ゾッグの視界を奪うべく呪文を唱え、魔法の光を放つ。しかし、ゾッグは腕を顔の前にかざし、その光をやり過ごした。

「……やっぱりね。頭がいいじゃないか、ブッチャー・ゾッグ」

これが手がかりその3だ。

「グオオオォォォッ！」

大鉈が横薙《な》ぎに振るわれる。僕とルーザは慌てて、その刃から逃げ出す。

「ルーザさん！　森の中へ……」

僕はゾッグを挟んで反対側へ逃げたルーザへそう声をかける。それに反応してか、ゾッグは天を仰ぎ、吼えた——

——ウオオオォォ！

その雄叫《おたけ》びと共に——異変が起こった。洋館の広間《ホール》のようだった周囲の床から、新たになにかが生えて来た。

肉吊り鉤《ミート・フック》が取り付けられた柱。

女性を象《かたど》った鉄製の棺。

鉄の棘《とげ》がびっしりと生えた椅子。

四方に鉄の環《わ》が取り付けられた木製の大きな車輪。

中央に穴の開いた木枠。

拷問や処刑に使用するための器具たちが踊るように蠢《うごめ》いていた。これがブッチャー・ゾッグの罪威《ヴァイス》——奴の犯した「罪」が具現化したもの。残虐さをその形で示す器具たちは森の中までも侵略し、ゾッグの領域《テリトリー》を主張していく。それは、先ほどよりもはるかに激しく、速く、そして大量にその魔手を伸ばし、四方八方から僕らへと襲い掛かった。

「ぐっ！」

僕とルーザは左右に分かれ、襲い掛かる拷問器具の触手から逃げる。部屋のあらゆる場所から生え出し、襲い掛かる無数の器具――僕はそれを左右にかわしながら、ゾッグと一定の距離を取るように走った。

「……んぐっ⁉」

虎バサミのような鉄の器具が噛《か》みついてくるのを避けたとき、反対側の肩口に痛みが走る。見ると、せり出した木の杭《くい》がそこに突き立っている――

「くそっ……！」

僕はその杭を引き抜いて払いのけ、なおも襲い来る他の罠《わな》たちをかわして走った。幸い傷は浅いが、さすがに無傷というわけにはいかないか――

「きゃあああぁっ‼」

ルーザの悲鳴が聞こえて振り返る。と、そこには鉄製の環を細い首に巻きつけ、柱に宙づりにされる彼女の姿があった。

「あっちを狙ったか……！」

やはり、どちらか片方だけに狙いを集中する知能はあるらしい。

「ググ……オンナ……ググ……」

ゾッグは大鉈を引きずるようにして、宙づりにされたルーザへと向かっていた。ルーザは両の手で、首に食い込む鉄の環を掴《つか》み、必死に身体《からだ》を支えている。首に全体重がかかる、よく考えられた拷問器具だ、まったく――！

僕は他の器具をかわし、踏み台にして跳んだ。こちらに背を向けたゾッグの方へ、再び向かう――と、その時――

「グオオオオオッ‼」

ゾッグが振り返り、こちらに向かって大鉈《おおなた》を振るう――！

「……そう来ると思ってたよ」

僕は身をかがめ、大鉈の通るコースを空ける。そうだ――罪威《ヴァイス》の拷問器具をどちらかに集中し、身動きを封じた以上、ゾッグ本体が狙うのはもう一方。それくらいの戦略を立てる知能があるってことは、さっきわかっていたのだ。そのつもりで観察すれば、あの巨大な鉈を振り回すためにゾッグの重心がどこに寄っているか、そして大鉈がどこを通るのか――推理することは容易！

大鉈が空を切ったその瞬間、僕は鉈を振るい終えたゾッグの、懐《ふところ》に肉薄していた。

「…………！」

布袋に隠されたゾッグの顔が、驚愕《きょうがく》の表情を浮かべ、息を呑《の》む、その瞬間――

——トン

僕の掌底突きが、ゾッグの胃のあたりを叩《たた》いた。

「……グァ……ッ!?」

その瞬間、ゾッグは四肢の動きを止め、その場に立ち尽くす——不意をつかれ呼吸を呑み、意識が浮いたその瞬間、みぞおちに衝撃を加える。それによって、人間の身体は麻痺《まひ》し、瞬間的に動けなくなるのだ。

「48の探偵技・その20……『当てる猫騙《だま》し』」

どんな巨漢だろうとマッチョだろうと、この技を受ければ朦朧《もうろう》となり、動きを奪われる。

その効果は短いが、謎解きには充分な時間だ。

「この罪威《ヴァイス》……残虐な拷問器具の数々。これが手掛かりその4だ」

僕は帽子を目深《まぶか》にかぶり、鍔の下からゾッグを見た。

「これですべては繋がった……今、お前の罪を明らかにしてやる。謎解きの時間だ、ブッチャー・ゾッグ！」

突きつけた指の先で、ゾッグがうめき声を上げた。

「最初から違和感はあったんだ。賢明なる蝋盤《スマートタブ》に書かれたお前の罪について、読んだ時からね」

＊＊＊

ブッチャー・ゾッグ。元の世界で50人以上を殺害した猟奇殺人鬼《スラッシャー》。それはいい。

両親を殺した強盗を殺害し、それを見た死《し》に際《ぎわ》の母親が笑ったように見えたことから次々と人を殺し、母親に捧《ささ》げ続けたという、哀《かな》しき怪物《モンスター》――


「まず大前提として……それが真実ではないという可能性だ」

なにしろ、僕は冤罪《えんざい》の捜査という依頼を受け、ここにやって来たのだ。それはつまり――蝋盤《タブ》に書かれている情報が絶対ではないということ。ならば、この違和感にも説明はつく。すなわち――母親へ捧げるのだとすれば、ゾッグの罪威《ヴァイス》は残虐性が高すぎる。

「罪威《ヴァイス》ってのは、犯した罪がこの世界で形を成したものだという。だとすれば、それは犯罪の証拠そのもの……探偵にとっては宝の山だ」

僕は帽子の鍔《つば》からゾッグを覗《のぞ》き、告げる。

「手がかりはいくつかあった。まずは罪威《ヴァイス》によって生まれた拷問器具の異常な嗜虐《しぎゃく》性。次に、お前には論理的にものを考える知能があるということ、僕の言っていること、理解できるだろう?」

「……グ、ググ、ウ……」

ゾッグは全身の麻痺から脱しつつあった。背後ではルーザがまだ首の環に吊《つ》るされている。しかし僕は確信していた。今こそが勝機であり——そして勝機を摑むために、これが最適な行動であることを。

「決定的だったのは、お前が罪威《ヴァイス》の中で座っていた場所だ。あれは……一家の家長たる、父親の座る場所のはずだ」

「…………ッ!」

「つまり! お前は母親に贄《にえ》を捧げていたわけじゃない……母を支配する側に回りたかったんだ!」

——パキィン!

ルーザの首に食い込んでいた鉄の環が、音を立てて砕けた。

「きゃっ⁉」

宙に吊るされていたルーザが落下し、尻もちをつく。僕はそちらを振り返り、彼女の無事を確認した。

「大丈夫？」

「え、ええ……でも、どうして……？」

「まあ見ててよ」

僕はゾッグに向き直った。ゾッグは既に手足の麻痺から立ち直っているようだが、大鉈を手にぶら下げたまま、こちらに襲い掛かってはこなかった。

「……お前が暮らした家にはもともと、これらの拷問器具があったんだろう？」

「…………」

黙っているゾッグに、僕は話を続ける。

「恐らく、これらの器具を収集したのはお前の父親……もしかしたら、捕虜や犯罪者を拷問するのが仕事だったのかもしれない。お前が幽閉されていた場所からは、その様子が見えたのかな……とにかく、お前は幽閉場所を出た後、館の主《あるじ》に成り代わった。恐らくは両親をこれらの器具で惨殺《ざんさつ》してね」

「グ、オオオオオ！！！」

ゾッグが咆哮《ほうこう》し、大鉈を振り上げた。そのまま、こちらに向かって突っ込んで来る。僕はルーザをかばいながらそれをかわし、距離を取る。

「殺しは楽しかったか、ブッチャー・ゾッグ！　子どものころから館の奥に幽閉され、善悪の区別もわからず、嗜虐の快楽に目覚めてしまった境遇には同情する……だけど、これが恐ろしいことだと、お前にも途中からわかっていたはずだ！」

ゾッグが再び吼《ほ》える。左手でそこにあった枷《かせ》つきの台を摑み、こちらに投げた。

「……ぃよっと！」

僕は軽くジャンプし、飛んできた台を蹴り飛ばして軌道を逸《そ》らす。ゾッグは大鉈《おおなた》を振り回して突進してくるが、着地と共に飛び退《しさ》り、それもかわす。そして――

「……お前は母に対する信仰という隠《かく》れ蓑《みの》を言い訳に、自らの罪を正当化したんだ。この罪威《ヴァイス》こそがその動かぬ証拠。お前は自らの嗜虐性を満たすため、無垢《イノセント》な怪物を演じ、罪なき人を惨殺し続けた……それこそがお前の罪の、真実の形だ！」

――グオオオォォオ！

ゾッグが悶《もだ》え苦しみ、咆哮した。それと共に、周囲の拷問器具が蠢き出し――ゾッグに向かって襲い掛かる！

「……罪威《ヴァイス》が……裏返った……！」

ルーザが言うのが聞こえた。

「罪威《ヴァイス》とはつまり、自分が認めなかった罪が外に向かって発現したものだ」

闘争裁判《デュエルコート》の規則に書かれていたこと。すなわち「自ら罪を認め受《う》け容《い》れた闘罪人《クリミナル》は、速やかにその報いを受ける」――これが、そうだ。

「グアアアアッ‼」

ゾッグが雄叫《おたけ》びを上げ、抵抗を続けていた。その怪力で襲い掛かる鉄環を振り払い、枷を破壊する。しかし――

「……ルーザさん、終わりにしよう」

「ええ……」

ルーザはゾッグに向かい、片手を差し出した。

「聖浄なる閃光《ホーリー・フラッシュ》！」

――カッ！

光が弾《はじ》け、それをまともに目に受けたゾッグは怯《ひる》み、視界を奪われる。そこへ、鉄の環や木の枷が一斉に襲い掛かる！

「ヌグオオオオ!?」

ゾッグの手足に絡《から》まった拘束具が、ゾッグの身体を引きずり降ろすように地に倒す。その先に――


――ザン‼


鉄製の棘《とげ》に覆われた椅子の上に、ゾッグが座り込むように拘束されて鮮血が飛び散った。

「……ッ！」

ルーザはその様から目を背けたが、僕はブッチャー・ゾッグがついにこと切れるまで、その様子から目を離すことができなかった。拷問器具に囲まれた部屋の中で、玉座に座ってくつろいでいるように、僕には見えたから。

＊　＊　＊

「天にあまねく光たちよ……始まりの力にて、わが友の傷を癒やせ」

詠唱と共にかざしたルーザの手のひらから、じんわりと温かい感触が伝わってくる。その手のひらの下で、ぱっくりと開いていた傷が、みるみるうちに塞がっていった。

「これが治癒魔法かぁ」

傷の塞がった肩を、僕は動かしてみる。皮膚が突っ張る違和感もない。

「こういう魔法なら得意です」

ルーザが言った。

「私の使う聖光《せいこう》魔法は、力を清め、あるべき状態にするもの。傷を癒やす他に、結界を張ったりすることに長《た》けています。攻撃に転用する術者もいますが、私はそういうのは不得手で……相手の魔法なら防げますが……」

「いや、あの閃光《せんこう》の魔法だって充分戦闘の役には立ったよ」

「…………」

ルーザは暗い顔をした。小さく肩が震えているように見えた。

「……止《とど》めを刺させるようなことをして悪かった」

僕は帽子を目深にかぶり、言った。

「いえ、いいのです。戦うと決めた以上、躊躇《ちゅうちょ》はしません」

ルーザはそう言ったが、その唇はわずかに震えていた。命のやり取りをするような戦いの後だ。無理もない。

「……聞いてもよろしいですか？」

ルーザが不意に言った。僕が頷《うなず》くと、ルーザは少し考えながら質問を口にする。

「相手の罪を暴《あば》くことで、罪威《ヴァイス》が裏返って主に牙をむく……なぜそのようなことを知っていたのですか？」

「知ってたわけじゃない。『推理』だよ」

「スイリ……」

「そう、推理をするのが探偵の仕事なんだ。起こった事実をよく観察し、証拠を集め、つなぎ合わせて筋が通るように組み立て、真実を導き出すこと」

僕はそう言って、帽子の鍔を軽く上げる。

「……だから、僕なりにこの監獄界についても、推理を組み立ててみた。例えば、さっきのあなたの『魔法』だけど……それはそっちの世界では誰でも使えるもの？」

「え、ええ……素養の差はありますが、訓練すれば皆、ある程度は」

「けど、僕は魔法なんて使えない。元の世界にはそんなものなかったし」

ルーザはよくわからない、といった風に眉間に皺《しわ》を寄せた。僕はその皺に向かって言葉を継ぐ。

「もしかしたら、あなたの魔法も、あの罪威《ヴァイス》も、実は全てが一定の法則の中で働いているんじゃないか？」

「はあ……」

「そこで、仮説を立ててみた」

僕はそう前置きをして、話を始めた。

「あらゆる世界からの人間が集まり、そして元の世界と同じ能力を使えるということは恐らく……この監獄界は、その人物のいた元の世界を再現する、なんらかの力を持っているのかもしれない。罪威《ヴァイス》もその力によって発現するのだと考えられる。だとすると、僕やルーザさんがそれを使えないのはなぜか？」

「それは……確かに」

「僕やルーザさんと、あのブッチャー・ゾッグの違いは……たぶん、自分の罪に対する姿勢だ。自分の罪を認識していながら、それを罪だと受け容れていなければ、自分の中ではなく外側に罪の形が発現してしまうんだ。そして……」

僕はブッチャー・ゾッグの最期《さいご》を思い出していた。

「拒絶していた罪を、その心が受け容れてしまえば……罪威《ヴァイス》は自らの内に帰ってこようとする」

闘争裁判《デュエルコート》に書かれていた規則――罪を認めた者は、速やかにその報いを受ける。あれには、元々罪を認めている者には罪威《ヴァイス》が発現せず、罪威《ヴァイス》が発現していれば、罪を認めることでそれが裏返って自らに牙を剝《む》くという2つの意味があったのだ。

「その仮説を早めに検証したかった。だから、あれについては実験のつもりだった」

「実験って……命がけの戦いの中で？」

「ま、いざとなったら逃げるのは得意だしね。探偵だから」

そう言って笑うと、ルーザは首をかしげ、困ったような顔で僕を見た。

「なぜ……私を助けてくれたのですか？」

僕はルーザの視線を避けるように、帽子の鍔《つば》を下げた。

「それは今さらだなぁ。あなたが先に僕を助けようとしてくれたんじゃないか」

――嘘《うそ》ではない。だけど、本当でもない。実のところ、僕がルーザを助けたのには、明確な計算があった。まずは仲間を作り、身の安全を確保するということ――ただ、彼女を助けるのはそれだけが理由じゃない。

「でも……あんな怪物と戦うような危険をわざわざ冒すなんて」

僕はルーザを見て、言う。

「……あなたは僕の師匠と同じことを言った」

「え？」

「『囚人だろうと悪人だろうと、人間は人間……出会った者には手を差し伸べ、敵対した者とは敬意を持って戦う』……」

——僕にとって探偵の師匠である「親父《おやっ》さん」こと、鷲塚総二《わしづかそうじ》が信条としていたセリフ。親父《おやっ》さんはその信条の通り、町に生きるあらゆる人々——悪人も善人も、普通の人もそうでない人も、分け隔てなく接し、事件の解決に奔走した人だった。まさか、犯罪者同士の闘技場であるこの監獄界に来て、同じセリフを聞くなんて——

「そのセリフを言う人を、死なせるわけにはいかないよ」

黙っているルーザに向かい、僕は改めて言う。

「それに……この監獄界で自分の仕事をするためには、ワトソン君も欲しいところでね」

「ワトソン？」

「つまり、僕の推理を手伝ってくれる助手、ってこと」

僕はルーザの顔を覗《のぞ》き込み、言う。

「ひとりより2人、だ。お互い、仲間がいる方が心強いと思わない？」

ルーザは驚いた顔をしていたが、ふっと緊張を解き、微笑《ほほえ》みを浮かべた。

「……その、師匠という人は、あなたにとって大切な人だったのですね」

「まあ、ね……」

——大切な人。もちろんそれはそうだが——それだけではないのだけど。心の中でそう

呟《つぶや》くが、ルーザにはもちろんその声は聞こえない。

「あなたが仲間になってくれれば、こちらとしても心強い限りです」

そう言ってルーザが差し出した手を、僕は握り返した。

まだ完全に信頼されているわけではないだろうけど——それでも、それはこの監獄界での大きな一歩だった。ともかく、協力者を得られたのは大きい。ルーザとその仲間のコミュニティに入り込むことができれば、動きやすくもなるだろう。

この監獄界での僕の目的《ミッション》は、冤罪《えんざい》の闘罪人《クリミナル》を捜し出すこと。そのことは、まだルーザには告げていない。

先ほどのゾッグは、動機に嘘こそあったが紛れもない凶悪犯罪者だった。目指す人物ではない。

(ならば、目の前のこの、銀髪の少女はどうだ?)

まずは仲間を作るべきだという僕の戦略は、身の安全を確保するだけが目的じゃない。冤罪の可能性のある相手と無暗《むやみ》に戦わないという意味もある。一方で、僕がその目的を告げれば、冤罪でない相手が虚偽の証言で無罪を主張することもあるかもしれない。だから今のところは、目的を隠して動く方がいいだろう——たとえ、相手が親父《おやっ》さんと同じセリフを言う人だとしても、だ。

内心でそんな風に冷たい計算をしながら、握ったルーザの手はとても温かく、そして柔らかかった。

§2　名探偵とアンクローズド・サークル

崖をぐるっと回り込んだ場所に、石造りの建物――の、ようなものが建っていた。僕とルーザ、そしてあの後で合流したルーザの仲間の2人がそこへ辿《たど》り着《つ》くと、入り口の前に立っていた見張り役が面倒くさそうな顔で出迎えた。

「ここにいるのはこの戦いに積極的でない者たちです。私たちは引き分けの町《ドロータウン》と呼んでいます」

ルーザが言い、不意に表情を暗くした。

「今朝までは12人いました……今は8人です」

ブッチャー・ゾッグにやられたのは全部で4人。いずれもここの住人だったらしい。

傍《かたわ》らにいた男が口を開く。

「しょうがねぇよ。高台に行こうって言いだしたのはあいつらだ。お嬢はあいつらに付き合って巻き込まれたんだしよ」

「ええ、まあ……」

ルーザがちらりとこちらを見た。もう1人の小柄な男——140cmほどの身長の、耳の尖《とが》った男が、横から僕に向かって言う。

「いやぁ、ゾッグを倒したっていうあんたが来てくれてよかった。歓迎するよぉ」

「ああ、ありがとう」

僕は帽子に手をやって軽く会釈《えしゃく》をしながら、周囲を見渡した。他にも、純粋な人間の姿ではない者がいる。浅黒い肌の耳の長い女、トカゲが二本足で立ち上がったような姿の者。様々な世界から来ている、というのはこういうことか——蝌盤《タブ》では見ていたが、実際に目にすることで腑《ふ》に落ちるものがあった。

そんな多様な姿が集まり、身を寄せるこの場所——ここはなにかの遺跡だったのだろうか。半壊した石造りの神殿のような建物と、その周囲に木を組み合わせて作ったテントのようなものがいくつか設《しつら》えられている。

「この石の建物は元からここにあったもの？」

「ああ、そうだぁ。周りのテントはおいらが作ったけどなぁ」

そう言って小柄な男は、腰にぶら下げた斧《おの》を手のひらで叩《たた》いてみせた。どうやら、自分の身の回りのものはある程度、この世界にも持ってこられるらしい——そう言えば僕も服や帽子はそのままだ。ルーザは短剣《ダガー》も使っていたし、そういうものなのだろう。

「おいらぁ、元々木こりだったからよぅ。これくらいのことはお手のもんさ」

小柄な男はそう言って朗らかに笑った。

この男は――僕は脳内に保管《アーカイブ》した賢明なる蝋盤《スマートタブ》の情報から、男の顔を探す。小柄な種族である半身妖人《バルヴリング》の木こり・プロクール――林の中に小屋を作って暮らし、近くを通りかかった旅人を小屋に泊めて粗末なベッドを提供、もし旅人の背がベッドより大きければ首と足を斧で斬り落として殺害していたという男。なるほど、人当たりのいいこの顔に騙《だま》されて旅人は命を失っていったというわけだ。

この男だけじゃない。ここまで一緒に来たもう1人の男は「悪魔農夫」ハディム――人里離れた農地で畑を耕す暮らしを送る中で、人を攫《さら》いその身体《からだ》をバラバラに切断、頭部や手足を野菜と一緒に畑に植え育てていたのだという。なお、彼の畑で採れた作物は味がいいと評判だったとか――

さて、ここで問題だ。

戦闘に消極的な者たちが集まるこの引き分けの町《ドロータウン》に、僕は身を寄せるべきかどうか？

①やはり仲間は必要だ。身を寄せるべきだろう。

②誰も彼も、元は殺人鬼や凶悪犯罪者だらけのところなんて信用できるわけがない。寝首

を掻《か》かれかねないぞ。

『探偵として仕事をする中で、犯罪者たちとはさんざん交流してきたじゃないか。善悪に囚《とら》われず、話ができる相手はいた。環境が変われば彼らも変わる、むしろ一方的な善悪の押し付けこそが彼らを悪と定義してしまうんだ。まずはこちらが信用してみせればきっと彼らもこちらに心を開いてくれるはずさ！』

白探偵の言葉が脳内に響く。そういう側面は確かにあるだろう。だが、この状況でそれはさすがにお花畑が過ぎるんじゃないか？

『その通りだ。神崎のことを思い出せよ。こちらが信用してみせた途端、やつらはこちらを裏切る。救いようのない悪党は生まれつき悪党だ。信じられるのは自分だけ……いつだってそうだっただろう？』

黒探偵が反論した。それもまたその通り。悪人というのは秩序に従わないという者たち——つまり、読めないのだ。彼らなりのルールがあるかと思えば、そんなこととは無関係に突然裏切りが起こったりする。

『そうだ、だからここは②……いやむしろ、③こちらから内部分裂を煽《あお》って殺し合いをさせれば話が早い』

黒探偵が怖いことを言ってきた。いや、それはそれでどうなんだ。今回の依頼をこなすためには、安全な場所が確保できるのに越したことはないんだし。だいたい、この中に目的の人物がいるかもしれない。

というわけで、今回は②を満たしつつ①、に行くのが妥当じゃないかな、ご両人？

『信用せずに信用させるなんてできるのか？』

『余計なリスクを抱え込むだけだぞ、やめておけ』

まあ見てなって。要は身の安全を確保すればいいわけだ。

ここまで、0．1秒。

というわけで僕は改めて前に進み出て、口を開く。

「……ここのリーダーは誰だい？」

住人たちがぴくっ、と反応するのがわかった。一瞬、お互いに目配せをし合う。その目配せが集中する先にいたのは、赤毛の豊かな大柄な女——なるほど、この人がリーダーなら納得だ。

僕はその女の前に一歩、進み出て言う。

「あなたがそうだね、リアメイ・グレイズさん」

「……あたいの名を？」

一瞬、瞠目《どうもく》するリアメイに、ルーザが声をかける。

「この人、全ての闘罪人《クリミナル》のプロフィールを暗記しているそうです」

「へえ……とんでもない坊やだね」

リアメイは立ち上がり、僕と向かい合った。長いまつ毛に大きな目、大きな口——美女ではあるが、全体的に大雑把な印象を残す派手な顔立ちだ。

「誰がリーダーとかは別に決めてないんだけどね。ま、こいつらは全員、あたいが殴り倒したから、一応そういうことになるだろうねぇ」

「殴り倒したって？」

僕はリアメイの太い腕を見て訊《き》き返す。

「それじゃ、戦いになったけど、止《とど》めを刺さずに仲間にしたと？」

「そうだよ。なにかおかしいかい？」

「ふうん……」

こういう集団にある程度の秩序ができているとすれば、それは暴力で抑えつけているからに他ならないはずだ、とは思ったが——僕はルーザの方を振り向く。

「ってことは、ルーザさんもこの人と殴り合ったの？」

「い、いえ！　そんな！」

顔を真っ赤にして首を振るルーザ。

「その子はあたいが保護したんだ。戦う気はなさそうだったしね」

そう言ってリアメイが笑う。

「ま、もし戦ったらあたいより強い……ってことがないとは限らないけどねぇ？」

「からかわないでください、リアメイ！」

ルーザが困った顔で言い、リアメイはまた笑った。僕は帽子の鍔《つば》を目深《まぶか》に下げ、そのやり取りに口を挟む。

「……それで、あなたに勝てばここのリーダーになれるの？」

こういう時にその場に奔《はし》る緊張感というのはいい。実に様々な情報をこちらに伝えてくれる。まず、虚を衝《つ》かれて理解が追いついていないルーザに、プロクール。瞬時に腰が引けたハディム。その他の５人はそれぞれ、身体に力が入ってその場に釘付《くぎづ》けになったり、瞬時に目が据わって戦闘態勢になったりしている。重心が前方下に軽く落ちた者は戦い慣れている者たちだろう。

その中でも、白眉《はくび》は目の前に立っているリアメイだった。そもそもこの女性は常に戦闘態勢を解いていない。ネコ科の猛獣を思わせるしなやかな体軀《たいく》をゆるりとリラックスさせ、あらゆる角度からの奇襲に瞬時に対応できる、そんな立ち方は熟練の武術家を思わせた。

リアメイ・グレイズ――以前は鉱山惑星の労働者として資源採掘に従事していたらしい。その後、労働者組合を組織して鉱山を占拠する反乱を起こし、企業側の鎮圧部隊と交戦した女傑だ。仲間たちが全滅し、最終的にたったひとりだけ生き残るも、10年に渡り鉱山内に潜伏して近寄る人間を片端から殺し続け、そのために鉱山が一時閉鎖になるほどだった、という。

並外れた戦闘力と生命力、そしてカリスマ性――この人物なら闘罪人《クリミナル》たちの上に立つのも頷《うなず》ける。そう簡単には殺されないだろうし、殺すより庇護《ひご》下につく方がメリットが大きい――

と、不意にリアメイがその緊張を解き、ニカッと笑った。

「あんた、ブッチャー・ゾッグをぶっ倒したって？　あたいはあれに勝つ自信はないよ」

リアメイがそう言った瞬間、周囲の連中も釣られて緊張を解く。

「それに、あんたはうちの仲間を……ルーザを助けてくれた。そんなやつと正面からやり合うのはごめんだよ」

「リアメイ……」

リアメイはルーザに向かい頷いてみせ、改めて僕に向き合う。

「頭も、腕っぷしも、それに度胸も……あんたは頼りになりそうだ。あたいの下につけなんて言わないよ。とりあえず手を組むってことでどうだい？」

「喜んで」

リアメイの差し出した手を僕は握り返した。周囲の緊張感がほぐれ、僕を見る目が変わるのがわかる。

この場で直接戦うか、または逃げ出す覚悟まではしていたけど――どうやらベストな形に落ち着いたようだ。リーダーに力を認めさせ、客分として滞在する。同時に、構成員の立場を奪うようなこともしない。この集団の中で僕に手を出すメリットは小さくなる。もちろん絶対に安全とは言い切れないが、先ほどの反応を見る限りでは、下手《へた》に恨みを買わなければ大丈夫そうだ。

＊　＊　＊

「あたいの目的は生き延びること。ただそれだけさ」

リアメイの大きな目が真っすぐにこちらを見つめる。崩れた神殿の真ん中で車座になり、僕らは焚火《たきび》を囲んで座っていた。リアメイの傍《かたわ》らにはルーザ、そして他の闘罪人《クリミナル》たちもまた周囲に揃《そろ》っている。

支給された食料は、ペースト状の塊で味も素っ気もないが、火で炙《あぶ》るとそれなりに美味《うま》い――というのをリアメイが教えてくれた。焚火の周りにはその他に、小動物の肉やら、近くの川で獲《と》ったという魚なども串に刺され、炙られていた。

「お互いに戦い、殺し合うのがこの闘争裁判《デュエルコート》。それなら、戦わなければ勝者も敗者も生まれない」

「それは道理だね」

　僕は串に刺して炙ったペーストを手に取り、周りを見回す。

「それじゃ、すべての闘罪人《クリミナル》を仲間に引き入れるつもりなの？」

「それはさすがに無理だろう。戦うべき時は戦うさ。その時、頭数が多けりゃこっちが有利だろう？」

「それもまた道理だ」

　この集落の構成員の顔をゆっくり検分しながらリアメイに応じる。しかし――そうは言ってもこいつらは凶悪犯だ。

「……信用できない者が中に入り込んだら、どうする？」

「その時は、その時さ」

　リアメイは即答し、小動物の肉をかじった。僕も勧められたが、喰《く》えるのかどうかわからないものを口にしたくはないので遠慮する。

リアメイはどこまでも豪胆な人だ――世が世なら武将として名を成したかもしれない。もっとも、それも運が良ければだろう。殺し合いを前提としたこの監獄界では危ういとも取れる。

それに――最後はどうするのだろう？　つまり、他に敵がいなくなったら。

僕は周囲の闘罪人《クリミナル》たちに気を配りながら考える。この場でこの質問を発するのは危険だろう。当人たちがわかっていて、先送りにしている問題にわざわざ火をつける必要はない。

僕は身を乗り出した。

「僕の目的は人捜しだ。ある人物を捜している」

まぁ、それが誰かはわからないんだけど――というのは言わない。

「そのために自分の身を守る必要があるし、いたずらに殺しまくるなんてわけにもいかない。あなたとは目的が一致する」

「そのようだ。助かるよ、メイタンテイ」

リアメイはそう言って笑い、小動物の肉を再び勧めて来た。今度は断れず、僕は意を決してそれに歯を突き立てる――獣臭さが鼻に抜けるが、案外美味《うま》かった。それを見て、一同が笑う。傍らでルーザもほっとした顔をしていた。

まずは、よし――これで動きやすくなる。それに、ここにいる人たちの中に目的の人物がいないか、ゆっくり捜すこともできる。今夜は枕を高くして眠れそうだ。

――そう思ったのは束《つか》の間だった。

次の日、リアメイは遺体で発見された。

＊＊＊

「死因は恐らく失血死……全身に刃物で斬られた傷が多数あるが、致命傷と呼べるような傷はない。死亡してからまだ時間は経《た》っていないようだ」

集落に身を寄せていた闘罪人《クリミナル》のひとり、トカゲの姿の亜人・医師《ドク》レンドルが、リアメイの遺体を検《あらた》め、言う。

「僕も同じ見解だ」

医師《ドク》レンドルが僕のその返答に、先の割れた舌を出して目を細めた。この蜥蜴鬼人《リザードマン》は、まじない紛《まが》いの医療行為がまかり通っていた世界で、患者に数々の人体実験を行い、多くの犠牲者の屍《しかばね》の上に理論を築いた人物だ。人格はともかく、言っていること自体は信用してよさそうに思う。

「それにしても、リアメイの身体《からだ》をこんなにズタズタにするなど……さぞ美しい標本が手に入ったろうに、ものの価値がわからないやつだ」

心底残念そうに言うその人格には、やはり大きな問題がある。

だが、鍛え上げられたリアメイの肉体が、ずたずたに切り裂かれた様は確かに無惨《むざん》だった。全身に紅の刀傷が口を開き、あたりはまさに血の海といった有様《ありさま》。探偵として、無惨な遺体に出会ったことはこれまでに何度もあるが、それでも直視が憚《はばか》られるような遺体だった。だいたい、リアメイほどの手練《てだ》れが、なぜここまで——

「……っと？」

ふと、僕はあることに気がついた。リアメイの全身につけられた傷の、ある一箇所だけ様子が違っている。

「……これは刺し傷だな。同じところを何度も繰り返し、刺しているようだ」

リアメイの下半身、その一箇所へ集中的に、何度も刃物を差し込んだ跡。

「……とんだ変態野郎だ」

爬虫類《はちゅうるい》の目を縦に細め、レンドルが嫌悪《けんお》感を露《あらわ》にする。残虐な人体実験を重ねたこの男さえ、嫌悪させるに充分なその異常性。歪《ゆが》んだ欲望の発露はまさに常軌を逸していた。

「もう少し早ければ、乾霊薬《エリクシール》で蘇生《そせい》ができたかもしれない。もっとも、そんな薬はここにはありゃせんがね」

「作れないの？」

「材料が手に入るかわからないし、いずれにしろリアメイはもう死んでしまった。ま、この死体から作れる薬もあるがな」

「ふうん……」

　さすが人体実験で知られた凶悪犯、と感心しつつ、僕は改めてリアメイの遺体を仔細《しさい》に観察した。

「……ん？」

　僕はあることに気がついた。リアメイが両耳につけていた耳飾り――その片方がなくなっている。

「医師《ドク》、あの片耳だけど……」

「……こりゃ無理やり引き千切ったんだな。犯人が取っていったのだろう」

「……ふうん」

　僕の心に、なにかが引っかかる音がした。全身を切り刻み、下半身に何度も刃物を差し込む異常性と、被害者の身に着けたものを取っていくという行為――

「アカミ、いなくなった者がいるようです」

――と、そこへルーザが入って来て告げた。

「なんだって……？」

リアメイが死んでからさほど時間は経過していない。犯人はこの集落の中の誰かである可能性が高かった。それが、誰か逃げたのだとすると――

「追いますか？」

「……いや、バラバラに行動するのは避けたい。それよりも皆を一箇所に集めてほしい」

「……わかりました」

ルーザは出て行った。医師《ドク》レンドルはこちらを振り向いて言う。

「探偵ってのは犯人を見つけて事件を解決するものなんだろう？　腕のみせどころだな」

「まぁね。謎がある以上、ひと欠片《かけら》も残しはしないよ」

「頼もしいな。では、私は医師としての仕事をしよう。ククク……」

いったいなにをするつもりなのか――舌をシュルシュルと出し入れしているレンドルに、僕は声をかける。

「そう言えば、あんたもリアメイに負けてここにいるのかい？」

「ああ。あまりに見事な身体だったから解剖したくなって近づいたら、まったく歯が立たなくてな……その後、リアメイが倒した他の闘罪人《クリミナル》を解剖していいって条件で味方についたわけだ」

レンドルはそのトカゲの目を細めて言った。

「ちなみに、この闘争裁判《デュエルコート》を勝ち抜いて無罪放免を勝ち取ろうという意志は？」

「そんなの無理に決まってるさ。リストを見ただろう？　ここの連中は化け物揃《ぞろ》いだ。楽しむだけ楽しんで、死ぬときはあっさり死ぬことにする」

なるほど――闘罪人《クリミナル》は100人いるが、これくらいの態度《スタンス》でいる者が大半なのかもしれない。

「……それで、この検死の見返りは？」

レンドルが言った。僕は肩をすくめる。

「犯人が捕まったら解剖しなよ」

「クク……あんたもなかなかわかってるじゃないか」

僕はレンドルの笑いから目を背け、帽子を目深《まぶか》に下げた。

＊　＊　＊

「そういうわけで、リアメイは何者かに殺されたよ。ついさっきだ」

集められた集落の構成員たちを前に、僕はそう切り出した。ここにいるメンバーは僕を入れて7人。この場にいないのは、犠牲者であるリアメイと、もう1人――姿を消したという「悪魔農夫」ハディムだ。

「まさか、姐《ねえ》さんが殺されるなんてよぉ……」

木こりのプロクールが泣きそうな顔を見せた。旅人にベッドを提供し、身体がはみ出したら頭と足を斬り落として殺すという残忍な殺人鬼だが、意外と本気でリアメイのことを慕っていたのだろうか。

「ハディムの奴《やつ》がやりやがったんだな⁉　あの野郎、絶対に許さねぇ！」

別の男が息まく。こちらは首切り理髪師のジミー。店に訪れた客に対し、身体の自由を奪った後、剃刀《かみそり》で切り刻み、血を流す客が死ぬまでの間に散髪を行っていたという男だ。

見た目は大柄で陽気な中年男だった。

「まだそうとは言い切れない。証拠もないからね」

僕がそう応じると、ジミーが声を荒らげる。

「なに言ってやがるんだ！　逃げたやつが犯人に決まってんだろうが！　証拠なんていらねぇ、あいつを捜し出して吊《つ》るし上《あ》げりゃそれまでだ！」

「……こういう時に騒ぐのは後ろめたいやつだと決まっている」

不意に、壁際《かべぎわ》に座っていた侍風の男がぼそっと口にした。ジミーはそちらを振り向き、舌打ちをする。

「なんだぁ、ヤジロウ？　俺がリアメイの姉御をやったとでも？」

　ヤジロウと呼ばれた侍が、こけた頬の上に乗った目玉をぎょろりとジミーに向ける。

「そうは言っておらん。しかし、リアメイ殿は全身を切り刻まれ、失血によって死したというではないか。ならば一番怪しいのはお主だろう」

「……なッ⁉　ふざけんな！　俺はやってねぇぞ！」

「どうだかな」

　ヤジロウ――この男はいわゆる辻斬《つじ》りだ。満月と共に出没し、人を斬って去る。自らの剣を極める修行のためにやっていたのだという。

「まあまあ、おふたりともまずは落ち着いてよォ」

　肌の浅黒い、耳の長い女が割って入った。森夜妖人《スヴァルトアルヴ》と呼ばれる種族の詐欺師・クミエ――金のためというよりも、人を不幸にするために詐欺を働き、あらゆる種類の詐欺行為を駆使して人を追い詰め、自分では一切手を下さずに何人をも破滅・自殺に追いやった女だ。個人的には、こいつが最も油断ならないと思う。

「このアカミさんはこういうことが専門みたいだし、任せちゃうのがいいんじゃない？　何事も専門家に任せるのが一番よ。ヤジロウさんの剣をあたしが持っても仕方ないのと同じってことねェ」

　そう言って耳を揺らし、笑うクミエに毒気を抜かれ、ジミーは黙った。その様子を見ていたルーザが口を開く。

「アカミ……外部の人間が犯人という可能性もあるのでは？」

「その可能性がまったくないとは言わないんだけど、それにしちゃ不審な点も多いんだ」

「不審な点……？」

僕は帽子を目深に被り、鍔《つば》の隙間からその場の者たちを見る。

「まず第一に……リアメイさんはいつ襲われたのか？」

「いつって……ついさっきだってあんたが言っただろう？」

応じるジミーに向かい、僕は頷《うなず》く。

「そう、死んだのはついさっきだ。裏を返すと、それまでは生きていたってことになる」

不思議そうな顔をしたままの一同に向かい、医師《ドク》レンドルが口を開く。

「死因は失血死。致命傷はない。つまり即死ではない」

「そう。すると、必然的に第二の疑問が生まれる」

僕は少し間を置き、一座を見渡す。

「この中で、リアメイさんの悲鳴や、争う物音を聞いた人はいる？」

皆、黙っていた。僕は言葉を継ぐ。

「即死でなく、全身を斬られて失血で死ぬ……あのリアメイさんが、それまでの間、無抵抗で助けも呼ばず、斬られ続けるなんてことがあるだろうか？」

「……！　それじゃ……」

　息を呑《の》んだルーザに向かい、僕は頷く。

「犯人はなんらかの方法で、まったく物音を立てずにリアメイさんを死ぬまでいたぶった。例えば毒を飲ませて身体《からだ》の自由を奪ったか、なんらかの罪威《ヴァイス》を使ったのか、それとも別のところで殺してここまで運んできたのか……」

「運んできたってことはないでしょ？　リアメイ女史は昨日までここにいたんだから」

　クミエの口調は軽薄だが、言っている内容はそのとおりだ。

　ルーザが皆を見渡し、声をかける。

「周辺を捜索しましょう。ハディムのことも気にかかるし、他になにか痕跡があるかもしれない。１人ずつでは危険だから、２人ずつグループになって……」

「ちょ、ちょょっと待って。犯人かもしれない奴と２人になるのとか、嫌ですよぉ」

　プロクールが言った。皆、黙っていたがなんとなく目を逸《そ》らす。暗黙の合意だ。

「なら４人と３人、二手に分かれよう。僕は崖の入り口側へ行く。医師《ドク》は神殿の周りを」

「心得た」

　そうして、僕らはグループを２つに分けた。僕と一緒に外へ捜索へ行くのは森夜妖人《スヴァルトアルヴ》の女詐欺師クミエ、そしてルーザ。蜥蜴鬼人《リザードマン》の医師《ドク》レンドルと共に集落の周辺を探るのは半身妖人《バルヴリング》の木こりプロクールと侍ヤジロウ、そして床屋のジミー。

僕は他の2人と連れ立って、この集落に入ってきた方へと向かった。切り立った崖の下を大きく回り込む道の反対側は切り落とされたように途切れており、その下は急流の川だ。途中には滝もある。神殿の遺跡は断崖を背にするようにして建てられていた。つまり、この道を通らなければ神殿の遺跡に行くことはできない。犯人が出入りするとしたらここしかない、のだけど——

「あたしがこの世界で初めて会ったのがリアメイ女史だったんだ。だから少し、思うところはあるよ。そういう世界だとはいえね……」

道すがら、詐欺師のクミエが首を振る。軽そうな振る舞いを見せていたが、内心ではそういう感傷があったことは少し意外だ。

「犯人の目的は一体なんなのかなァ？」

クミエは続けて言った。

「動機か……」

それについて考えていないわけではなかった。

「あんたはどう思う？　この集落の中でリアメイさんを殺すメリットがあったかどうか」

「……この集落の中、ってことだとわからないなぁ」

クミエが言った。僕は歩みを緩めてクミエに訊《き》き返す。

「どういう意味？」

「詐欺師として言わせてもらえば、集落の中の論理ってのは一番利用しやすいからね」

クミエは首を振ってそう言った。

「人が3人集まると、そこには社会が生まれる。つまり、上手《うま》くやってくために、他の人間の自由を制限するようになる。殺してはいけない、嘘《うそ》をついてはいけない、とかね」

「なるほど」

「で、そこで制限されたものに慣れてしまうと、それは時に『盲点』になるのよねェ。当たり前だ、そんなことあるわけないって思い込んでしまう。その社会の外から見れば、実は当たり前でもなんでもなかったりするのにね。詐欺ってのはそこを突くもんなんだ」

「……つまり、それは」

僕は少し歩調を緩め、クミエに向かって言う。

「集落の外には、リアメイさんを殺す理由があった、と？」

「最初からそのつもりで、わざとリアメイさんに屈服してみせ、集落に潜伏した……そんなことがあろうと、あたしは驚かないかなァ」

「だとしたら……」

――と、その時、先を行くルーザの叫ぶ声が聞こえた。慌てて僕らはそちらに駆け寄る。

「どうした⁉」

「……これを」

ルーザの目線の先に、人間大の黒い塊――黒いローブを纏《まと》ったハディムの遺体が転がっていた。リアメイと同じように全身を切り裂かれ、血の海に倒れ伏している。

「こっちもかァ……」

クミエが呑気《のんき》な声を出す横で、ルーザは青ざめていた。

「アカミ、これは一体……」

「ふうん……」

僕は屈《かが》みこんでハディムの遺体を検分する。全身につけられた刀傷はリアメイのものと同じ。恐らく、死因も同じ失血死だろう。

「……同じ奴の仕業だな」

これだけの人間がいる中で、誰にも悟られずに切り刻み、殺すなんていう真似《まね》は、この犯人にしかできないだろう。

念のため、僕はハディムの身に着けた装飾品なども検《あらた》めてみる。粗末なペンダントや手

甲などのいずれも、奪い取られた形跡はない。

「……飽きたのかな」

僕が呟《つぶや》くと、ルーザが怪訝《けげん》な顔を向ける。

「飽きた、って、それはどういう……？」

「いや、ちょっとね……」

僕は帽子の鍔を下げ、ルーザの方を向く。

「ルーザさんの魔法で犯人を見つけ出すなんてことはできないの？」

「そんな都合のいいものでは……」

「それはそうか」

連続で被害者が出た以上、犯人は近くにいる可能性が高い。魔法が上手《うま》く使えれば楽だったんだけど――

――と、その時、背後から別の悲鳴が聞こえて来た。

＊　＊　＊

僕とルーザ、そして女詐欺師のクミエの3人は急ぎ、神殿へと向かった。崖の間の道を駆け抜け、崩れかけた神殿の前へ。声がしたのはどこからだろう？

「おおい！　こっちだ！」

声のした方を振り向くと、医師《ドク》レンドルが手を振っていた。僕らは彼に導かれ、神殿の裏手へと回る。

「……これは……！」

そこには、立ちすくむヤジロウとジミー、そして、全身から血を流し横たわるプロクールの小柄な遺体があった。

「いったいどういう状況？」

詐欺師のクミエがヤジロウに問いかける。ヤジロウは首を振り、無精ひげを撫《な》でた。

「わからねぇ。俺たちは一緒に神殿の周りを調べてたんだが……ふと気がついたらこいつがいなくなっててな。少し引き返して捜してみたら、ここに遺体が転がってたっていうわけだ」

「やっぱりだ！　ハディムのやつが戻って来てやりやがったんだ！」

騒ぐジミー。僕はそちらに向け、言った。

「ハディムなら死んだよ。あっちに死体が転がってる」

「な……!?」

ジミーは絶句した。

「そんな……それじゃ、一体誰が？」

「あなたかヤジロウかレンドルの誰かってことじゃないの？」

　クミエが口を開くと、ジミーは顔を真っ赤にする。

「そんなはずがあるか！　俺たちはずっと一緒にいたんだ」

「片時も離れなかったと言い切れる？」

　クミエの追及にジミーは一瞬、言葉を詰まらせる。

「そ、そうとは言い切れねぇが……だとしても、殺す隙なんかなかったはずだし、第一、プロクールの悲鳴すら聞いてねぇよ！」

「それが本当なのだとしたら」

　その隣でルーザが口を開く。

「やはり、我々以外の人間がこの周辺にいるのでしょうか？」

「そ、そうだ！　敵が近くにいるに違いねえ！」

「……そうかもしれないし、そうでないかもしれない」

　僕は屈みこみ、プロクールの遺体を検めた。状況から見て、一連の殺人は同一の犯人によるものだろう。しかし、プロクールの遺体とハディムの遺体には、共通してリアメイの遺体と違う箇所がある。つまり、リアメイにはあった下半身を何度も刺した傷が、こちらにはない。物盗《と》りの形跡もないようだ。これをどう解釈するべきか——

「……つまるところ、敵はわしらを皆殺しにしようとしているのであろう」

ヤジロウが口を開いた。

「我々は狙われたのだ。集団の頭領を殺せば、下にいる者は個人よりも弱くなるからな」

「狙われたって、一体誰に⁉」

「寝ぼけたことを言う。最後のひとりになるまで殺し合うのが、この監獄界の掟《おきて》なのであろう？」

「………………！」

ジミーは黙ってしまった。僕はクミエの方を見る。なるほど、集団の中ではなく、外の論理を持ち込めばそういうことになる。僕はヤジロウに向かい、声をかける。

「だったらなおさら、皆で固まって警戒を強めないと……」

「……黙れ、若造」

不意にヤジロウはこちらへ睨《にら》みを利《き》かせた。

「先ほどから小賢《こざか》しく言を唱えておるが、一番怪しいのはお主なのだ」

「…………ッ！」

その場の空気が変わった。ジミーやレンドル、ルーザの間に緊張が奔《はし》る。

「お主がやってきた途端に、リアメイ殿は殺された。どう考えてもおかしい」

そう言ってヤジロウは一歩、足を踏み出す。まずい――両腕をだらりと下ろしたままだが、あれは手練《てだ》れの武芸者が身構えたときの重心だ。

「元より貴様は部外者なのだ。この場で斬り捨てるのが手っ取り早いか……」

そう言ってヤジロウは、腰に差していた刀の柄に手をかける――

「武器から手を離しなさい、ヤジロウ」

ルーザが前に進み出、ヤジロウを制す。

「この人は成り行きで私を助けてくれたのです。リアメイに近づこうとしたとは考えられません。それに、ここで殺し合いになったらそれこそ敵の思《おも》う壺《つぼ》。お互いのためにも、それは避けるべきでしょう?」

「……ふん」

ヤジロウは手を下ろし、戦闘態勢を解いた。

「だが、この集落はこれで終わりだな。もうこれ以上、集まっている理由はないだろう」

「……え?」

訝《いぶか》しむルーザに、ヤジロウは背を向ける。

「わしは抜けさせてもらう。こうなった以上、単独で行動する方が安全というものだ」

「そんな……」

「……申し訳ないが、私もそうさせてもらおう」

ルーザの後ろで医師《ドク》レンドルが言った。

「そこの探偵さんからは報酬をもらう約束もしていたが、こうなったら命あっての物種ってものだ」

「そうだな……俺もそうするわ」

「ジミー……」

次々に表明される脱退の意思に、ルーザは目をしばし伏せ——そして顔を上げた。

「……わかりました。リーダーでもない私に、皆さんの行動をどうこういう権利もありません。皆さん、どうかお元気で」

「次に会う時は恐らく、敵同士であろうな」

そう言ってヤジロウは踵《きびす》を返《かえ》し、立ち去っていった。

「そういうことなら仕方ない」

僕は帽子を目深《まぶか》に下げ、口を開く。

「僕も行かせてもらうよ。残念だけど」

「アカミ……迷惑をかけてしまいましたね」

「いや、いいんだ。ルーザさんのせいじゃないからね。ただ……」

僕はルーザにひと言、囁《ささや》く。ルーザは一瞬、目を丸くして小さく頷《うなず》く。そして僕は踵を返し、崖の先の出口へと向かった。

＊　＊　＊

集落に残ったルーザは、崩れかけた神殿の中に座り、ひとりで物思いに耽《ふけ》っていた。リアメイの遺体は外に出してある。後でプロクールの遺体も共に埋めておこうか――その上で自分もこの場所を離れるべきかもしれない。

リアメイを失ったのは痛い。この闘争裁判《デュエルコート》を勝ち抜くのに、誰か有力な人物の協力は是が非でも欲しいところだ。

ルーザは暗くなった神殿の中に灯《とも》る魔法の灯《あか》りを見た。この世界でも魔法は使える――が、自分は元々、攻撃的な魔法は得意ではない。その他の武器は短剣《ダガー》だけ――いったい、そんな装備でどうやって１００人の闘罪人《クリミナル》を倒せばいいのか？

「……絶対に勝ち抜かなくては」

そして、元の世界に戻るのだ。ルーザは組んだ両の手のひらに力を込めた。そのために、まずリアメイに近づいた。そして仲間を増やし、まずはこの世界での安全を確保するつもりだった。

リアメイ自身には、この世界の最後のひとり《ラスト・クリミナル》になるつもりはないようだった。可能な限り、あの集落を維持し続ければそれでよかったのだろう。途中で誰かに殺されたら、それはそれ——と思っていたらしい。他の仲間たちもそうだ。積極的にこの世界で勝ち抜こうとは思っていないが、他の闘罪人《クリミナル》にただ殺されるのは嫌だ——そうした消極的な態度の者たちだった。

それはそうだろうな、と思う。元々、行き当たりばったりな凶悪犯罪者も多かった。それが突然、「全員に勝てば無罪放免だ」と言われ、いきなり戦う気になるだろうか？　それこそ、ブッチャー・ゾッグのような化け物までいるのだ。だからといっていきなり降りる＝自害する、というわけにもいかず、まごまごとする者たちがほとんどだろう。

だから——そういう者たちを集め、戦力とするリアメイの戦略は正しかったと思う。そして——だからこそ、チャンスはあった。いざとなれば、自分がこの手でリアメイを殺し、最後のひとり《ラスト・クリミナル》となるチャンスが。

ルーザは革の胸当ての中からペンダントを取り出し、眺めた。祖国・フェリージエンの守護聖人フェルの紋章が刻印されたペンダント——守護魔法を執り行う聖女として、国を守る誓いが込められたものだ。

フェリージエンの聖女は、毎日聖堂で祈りを捧《ささ》げることで、魔物の力を削《そ》ぐ結界に神聖な力を注ぐのがその務め。神聖魔力の特に高い貴族の娘がその役割を受け、生涯その身を捧げることになる。

あの時、侵攻してくる魔王と戦っていた勇者は、ルーザとは幼馴染《おさななじ》みの少女だった。ルーザは窮地に追い込まれた彼女のため、魔導兵器を解き放ち——結果、結界に注がれるはずだった魔力は魔導兵器のために使われ、防護を失った町がひとつ、魔王の軍によって消滅した。

勇者は魔王を討伐し、フェリージエンは救われ——その一方でルーザは聖女の務めを放棄したとして糾弾され、「大罪の聖女」として処刑された。

あの時、ルーザが魔導兵器を起動しなければ、勇者は倒れ、もっと多くの人が犠牲になっていたことだろう。だが、そのことが自らの行いを正当化するわけではない——それは覚悟の上だ。

しかし——自分が助けたかったものは、王国だったのか、幼馴染みの少女だったのか。

その答えについて、ルーザはわからないまま、監獄界へとやってきた。

(今度は上手《うま》くやってみせる)

ルーザはペンダントを握りしめた。自分は1000人の国民を殺した大罪人だ。それでも、償う場所はここではない。最後まであきらめず戦った幼馴染みが、守り抜いた王国の未来を──自分が犯した罪の結果を、見届けてはいない。だから、元の世界に戻れる可能性があるのなら、絶対にあきらめてはいけないのだ。

人に頼ってばかりはいられない。力が必要だった。戦う力が。光や癒《いや》しの力だけでなく、戦いを有利に運ぶ力が。

「……アカミの言っていた魔法……」

魔法で犯人を見つけ出す──ルーザは魔力を手のひらに集め、呪文を唱えてみる。結界魔法の応用──犯人というあいまいなものを見つけ出すことはできなくても、例えば、自分に対して害意を向けるものを感知する、とかなら──

手のひらの上で魔力を編み、呪文でその制御をする。うまくいきそうだ。もっと早く試すべきだったかもしれない。ルーザは詠唱を終え、発動の呪文を口にする──

「……え……ッ!?」

魔力が、反応した。探知可能な範囲をそれほど広げてはいない。ということは──ルーザを襲おうとする敵が、近くにいる？

「……ほう、気がついたのか」

声がした方に向け、ルーザは立ち上がって身構える。光の魔法が作り出した影から、痩せた人影が姿を現した。

「……そんな……あなたは……」

そこに立っていたのは、こけた頰に無精ひげを生やした侍――ヤジロウだった。

「あなたは去ったはずじゃ……なぜここに……？」

その問いの答えは、本人にもわかっているはずだった。それでも問いかけずにいられないのは動揺の表れだろう。

「さて、その問いに答える必要がわしにあるかのう？」

そう言ってヤジロウは腰の刀を抜く。

「プロクールが死んだ時、一緒にいたはずなのに……そんな……」

後じさりするルーザに向かい、ヤジロウは笑みを浮かべた。

「月の出た夜が静かなのはなぜだと思うね？」

「……え？」

「月は人の断末魔を好む。いかに泣き叫ぼうとも、月がそれを全て喰《く》ってしまうのよ」

ふと、ルーザが上を見上げると、崩れた神殿の天井から巨大な赤い月が顔を覗《のぞ》かせているのが見えた。おかしい――あれは、この監獄界にさっきまで浮かんでいた月じゃない。

と、いうことは――

「まさか……罪威《ヴァイス》……？」

ヤジロウは無言で刀を構えた。身体《からだ》の前に構えたその腕が、ブレる――

「……ッ！」

斬撃がルーザの腕を掠《かす》め、鮮血が散った。ルーザは身体を捻《ひね》り、ヤジロウから距離を取ろうとする。

「ふふっ、いいぞ、逃げるがいい！　断末魔の続く限りな！」

そう言ってヤジロウは刀を返す。刃先がルーザの鼻先をまた、掠めていく。

「くぅ……ッ！」

ルーザはヤジロウの剣から逃れようとするが、神殿の壁が邪魔をする。斬撃から遠ざかろうとすれば、壁の側《そば》へと追い詰められる。壁を避ければそちらにはヤジロウが立ちはだかる。まるで見えない糸に操られているかのようだった。

「そうらッ！」

――ザシュッ！

ヤジロウの剣が足を掠め、ルーザはその場につんのめった。

「く……うぅっ……！」

足を引きずりながら、ヤジロウに向かって身構える。ヤジロウは笑みを浮かべ、刀を提げたまま襲い掛かってはこなかった。こちらを警戒しているのだろうか？　ルーザはヤジロウに声をかける。

「なぜリアメイを殺したの⁉　あなたの目的はなに⁉」

「教えぬ」

そう言って、ヤジロウはまた剣を振るった。剣先が胸元に飛び、胸当てが落ちる。ヤジロウはほとんど踏み込まず、腕を払うように剣先を飛ばしていた。それなのに、その斬撃はまるで蛇のように伸び、こちらを掠める。

近接戦闘に明るくないルーザでも、ヤジロウの腕前が半端《はんぱ》でないことはわかった。このままでは——リアメイの無残な姿がルーザの脳裏に浮かぶ。彼女もまた、こうしていたぶられ、死んでいったのか——

「未知とは恐怖なり……わしは恐怖に溺れ死ぬ姿が見たいのよ！」

そう言ってヤジロウは、剣を掲げた。なにか、方法はないのか。ルーザは必死に考えた。

戦う方法は。逃げる方法は。助けを呼ぶ方法は——

——ヒュッ

「……ッ！」

なにかが風を切る音がした。闇の向こうから飛来したものを、ヤジロウが剣で受ける。

その足元に落ちたのは、拳くらいの大きさの石だった。

「何者だ？」

ヤジロウが問いかける先から、帽子をかぶった男が姿を現した。

＊　＊　＊

「あんたが犯人だったんだな、侍の人」

僕はそう言って前に進み出た。侍・ヤジロウ——立ち去ったと見せかけて戻って来る者がいるはずだと踏んだが——この男だったか。

「貴様か……」

ヤジロウがこちらに向き直る。

「なにか企《たくら》んでいるとは思うたが、まさか見抜いておったとはな。警戒はしていたつもりだったが……」

「まあ、名探偵だからそれくらいはね」

僕は帽子を目深《まぶか》に下げ、応じる。

「リアメイさんが死んだ時、傷を負ってからかなりの間、息があったはずなのに誰も悲鳴を聞かず、気がつかなかった。プロクールの時は、他の人たちも一緒に行動していたのに、誰も気がつかないまま襲われ、いつの間にか殺されていた……これらの意味するところはひとつ。犯人はなんらかの力でその犯行現場を隠していたんだ。魔法なのか、罪威《ヴァイス》なのかはわからないけどね」

僕は頭上に浮かぶ赤い月を見た。

「超能力を仮定したらどんなトリックだって可能になってしまう。そうなるとさすがに推理は無理だ……けど、それでもわかることはある。次の被害者だ」

「え……？」

ルーザが驚きの声を上げた。僕はルーザを一瞥《いちべつ》し、言葉を継ぐ。

「リアメイはじっくりと時間をかけていたぶられ、全身を切り裂かれて殺されていた。その股間には執拗《しつよう》に何度も刺したような傷。だが、プロクールとハディムは同じように殺されながらも、いたぶり方の程度が違う」

「………」

「時間がなかったってのもあるだろうけど……恐らく、プロクールとハディムは、犯人の本来の標的ではなかったんだ。ならば、リアメイを殺してそのまま逃げるか、息を潜めるかしていればよかったのに、わざわざこの2人を殺したのはなぜか？」

僕はヤジロウに向かい、指を突きつける。

「それは、犯人の標的がまだここにいたからさ。それがルーザさんだ」

ルーザは息を吞《の》み込んだ。ヤジロウは黙っていた。僕は続ける。

「つまり、犯人は女性を狙った快楽殺人鬼……その犯罪は歪《ゆが》んだ性欲や支配欲の発露であることが多い。そこまで心理分析《プロファイル》を進めれば、次の被害者は絞られる。ルーザさんか、クミエか、この犯人なら……選ぶのはルーザさんだ」

「………」

「その上、犯人はわざわざあの集落を解散するように仕向けた。今度は誰にも邪魔されず、標的をいたぶるためにね」

そう、あの場でそれを言い出したのもこの男――この侍があれを言い出したことにも、わずかな違和感があった。しかして、それは的中したわけだ。

「なるほど……これがメイタンテイというものか。正直、感服したぞ」

ヤジロウはゆらりと身構え、こちらへと向かう。

「しかし、女を囮《おとり》にするというあたりはいただけぬな」

「なに、うちの助手は有能だからね。あんたを足止めするくらいはわけないさ」

僕はルーザに目配せをし、言った。ルーザが一瞬、きょとんとした顔をする。ヤジロウは鼻で笑った。

「どうであろうな……先ほどその女子《おなご》は、素晴らしい恐怖の顔を見せてくれたぞ？」

ヤジロウは僕の方に進み出て、油断なく剣を構える。

「畏れと痛みこそが剣の道。人を殺すのでも、活《い》かすのでもない……恐怖を抱かせることそのものが、剣術の極意なのだ。特に女子の恐怖はよい。普段強気に振る舞っている女子ほど、その顔を恐怖に歪ませたくなるものだ」

月下の辻《つじ》斬り・ヤジロウ――賢明《スマート》なる蝋盤《タブ》の記載によれば、剣術者として諸国を修行する中で「恐怖」こそ剣の極意と悟り、月夜の晩に出没して多くの人を殺《あや》めたのだという。犠牲者は何度も執拗に切り刻まれ、文字通り恐怖に歪んだ顔で死んでいった、とされる。

「罪威《ヴァイス》といったか……？　この力はよいな。この『血月《ちげつ》』に照らされた『音《きう》』は消え失せ、わしは静寂の中で誰にも気がつかれず、『恐怖』を振るうことができる」

そう言うヤジロウの手元が、ふっと揺らいだように見えた――

「……ッ！」

──ザシュッ！

飛んで来る刀の切っ先を、僕は間一髪でかわす。ほとんど予備動作もなく、柄を長く持ち片手で振るわれる剣。想像よりはるかに遠いところから斬撃が飛んで来る！

なるほど──僕も居合をかじったことはあるが、一撃で致命傷を与えるつもりがないのならこういう斬撃でいいわけだ。そして、ヤジロウの罪威《ヴァイス》、「血月」──ヤジロウが夜に紛れ辻斬りを行ってきたことが、音を消し気配を消し去る能力として現れた、ということか。刀を振るう音が一切ないことが、余計に斬撃を速く見せている。たかが音だと思うなかれ。脳に危機を知らせる要素がひとつ、完全になくなることの恐怖──！

「プロクールやハディム……彼奴《きゃつ》らは小物ゆえに食いごたえもなかったが……貴様は楽しめそうだ」

「おっと……そっちの趣味もあるってのは推理できなかったな」

「なに、こちらは剣士としての楽しみよ！」

そう言ってヤジロウはまた剣を振るう。まるで羽根を振り回すかのように、高速で往《ゆ》きまた戻るその剣筋。これでは近づくこともできない。

「ふははは！　いいざまだな！」

剣を振るいながら、ヤジロウが叫ぶ。

「如何《いか》に強い力の持ち主だろうと、達人であろうと、わしの剣の前では全員が弱者と化す！　これぞ我が剣の極意『畏哭剣《いこくけん》』なり！」

遠い間合いから、まるで鞭《むち》のように縦横に振るわれる剣先――なるほど、これを制してヤジロウを倒すのは、並の剣士では叶わないだろう。ちゃんと強いんだな、辻斬り。

「それなら！」

僕は刀を避けて転がりながら、足元の石を拾い、投げる――肩にはけっこう自信があるんだ。

「ふん！」

ヤジロウは体をかわして石を避けた。そこへ――

「……ッ⁉」

――びゅんっ！

隠し持っていた2つ目の石を投げる！　1発はかわせても、かわしたところに飛んで来るもう1発なら――

「……むん！」

――しかし、ヤジロウは2発目もあっさりとかわし、即座に刀を返してきた。

「うぐっ！」

――ズシャッ！

その一撃が僕の肩を掠《かす》め、激痛に僕は思わず地に転がった。

「舐《な》めたものだな……石礫《いしつぶて》ごときでわしを倒そうなどとは」

ヤジロウは刀を肩に担《かつ》ぎ、僕を見下ろして言った。

「お主、頭は切れるが、剣や柔術《やわら》に長《た》けているわけではない。思ったよりつまらんな」

そう言ってヤジロウは、振り返ってルーザを見る。

「さっさと終わらせて……こちらをゆっくりいただくとするか」

「……ッ！」

ルーザは地に座り込んだまま、後じさる。

「まあ、慌てないでちょっと待ってよ」

僕は立ち上がり、ヤジロウに向かって言った。ヤジロウがこちらを振り向く。

「だんだんわかって来たところなんだ。もう少しであんたを倒せると思うよ」

「……ほう」

ヤジロウが残忍な笑みを浮かべる。僕は膝の埃《ほこり》を払い、帽子を拾ってかぶり直した。

「正直言って、あんたを甘く見てた。ここまでの遣い手だとは思ってなかったよ」

僕は慎重に間合いを取りながら言った。

「いちおう聞いておきたいんだけど……あんたの目的はなに？ 最後のひとり《ラスト・クリミナル》を目指してる系？」

「知れたことよ。どこに在っても剣士の道は同じ……我が畏哭剣を極めること。そのために斬って、斬って、斬りまくることだ」

「ふうん……女性の顔を恐怖に歪めるのが、剣の道を極めることとなんだ？」

「そうだ。それのなにが悪い？」

ヤジロウが剣を振るった。僕はその軌道を見切り、斬撃をかわす。だいたいの軌道と距離感は摑《つか》めてきた。

「悪いさ。ただの快楽殺人鬼が、偉そうに剣を極めるとか、ちゃんちゃらおかしいって言ってんだよ」

「なんだと……？」

僕は慎重に間合いを取りつつ、ヤジロウに向けて言葉を投げつける。

「そんな剣、この名探偵が破ってやる！」

「面白い！　やってみるがよいわ！」

ヤジロウが再び、剣を振るう。僕はなんとか斬撃を避け、その制空圏から逃れた。さっきの挑発が効いたのか、ヤジロウの目が据わっている――そろそろ決着をつけに行くとしよう。

――しゅるっ

ベルトを外し、２つ折りにして両手で構える。

「……なんのつもりだ？」

「あんたの世界にはないかもしれないけど……革のベルトってのはなかなか侮《あなど》れない武器になるのさ。それがこれ、48の探偵技のひとつ、武器落とし《ディザーム》ベルト」

読者諸兄もＹｏｕＴｕｂｅとかで検索してみてほしい。ベルトを使った護身術っていうのは結構出てくる。２つ折りにしたベルトを両手で構え、相手の振るうナイフをベルトで挟みこんで捻《ひね》り、奪ったり、鞭のようにして相手の顔を打ったりする。熟達者が使えば、瞬時に相手を制することも可能だ、というが──

「馬鹿げているな。小刀であればともかく、そんなもので二尺六寸の刀と渡り合えると思うか！」

そう言って、ヤジロウは斬撃を繰り出す！

「うおっとぉ！」

僕は距離を取って斬撃をやり過ごし、またベルトを構えた。さすがに、刀の一撃をベルトでそのまま受けるわけにもいかない。

「なにがディザーム・ベルトだ。結局逃げ回るだけではないか！」

さらにヤジロウの斬撃が続く。僕はその一撃目をかわし、返しの二撃目もかわし、そして、三撃目──縦に構えたベルトを、ヤジロウの剣が切り裂いた。

ここだ！

僕は一気に、その斬撃の中へと踏み込む！

──ザシュッ！

ヤジロウの斬撃が肩口に食い込んだ。

「……なっ……⁉」

僕は既に、手に持ったベルトを捨てていた。そしてそのまま、ダメージに構わず一気に間合いを詰める！　そして、掌底を繰り出し——

——トン
鳩尾《みぞおち》のあたりを叩《たた》く。「当てる猫騙《だま》し」——ヤジロウは一瞬、その全身を硬直させた。

「てりゃあぁあっ！」

——ガキィッ！

すぐさま、繰り出した僕の膝蹴りがヤジロウの顎を捉える！

「がっ……⁉」

ヤジロウは踏鞴《たたら》を踏んで後じさり、尻もちをついた。

「ごめん、武器落とし《ディザーム》ベルトってのは嘘《うそ》なんだ。さすがに刀を相手にするのは無理」

要するにハッタリだ。でも効果は狙いどおり。なぜなら——

「あんたの『畏哭剣』は、一撃で敵を殺す威力はない。安全圏から一方的に攻撃することに特化した技だ。だったら、一撃を受ける覚悟で間合いを詰めればいい」

2発投げた石を両方ともかわしたということは、重心が防御の体勢にあったということ——逃げ腰のまま剣先で攻撃し続けるのがヤジロウの剣術なのだ。そこにハッタリをかますことで、さらに用心深く警戒させて攻撃力を下げる。その上で、筋肉の厚いところで受けられる軌道の斬撃を選べば、たとえ日本刀の一撃でも耐えることは可能だ。

「……さて、ここからは推理の時間だ。僕の前に謎の欠片《かけら》も残しはしない」

僕は帽子の鍔《つば》を下げ、ヤジロウに向かう。

「月下の辻《つじ》斬り、ヤジロウ……自らの求める『恐怖の剣』を極めるため、辻斬りをしていたというが、それはたぶん、嘘だ」

「…………な⁉」

「すべては繋《つな》がった……今、お前の罪を明らかにしてやる」

僕は帽子の鍔からヤジロウを覗《のぞ》き見《み》、言う。

「あんたは剣でしか性的興奮を得られない……違うか？」

「……ッッ‼」

猟奇殺人事件のひとつの類型——発散されることなく歪《ゆが》んだ形でため込まれた欲望が、形成されたコンプレックスと相互に影響して過剰な嗜虐《しぎゃく》性となる場合がある。性愛対象への憎悪《ぞうお》と、それを支配・屈服させることへのこだわりは性暴力事件の犯人にもよく見られるものだ。

「満たされない欲望を埋めるかのごとく、被害者の身体《からだ》の一部を食したり、被害者の持ち物をトロフィーとして収集する……かつて検挙されたシリアル・キラーの中にはそういう例も多いんだ」

剣術家でありながら、安全圏からいたぶることを是とするその技、女性に対してのみ過剰に発揮される嗜虐性、そしてリアメイの所持品を持ち去ったこと。これらの事象が導き出すヤジロウの性的倒錯。

「あんたの罪威《ヴァイス》『血月』……自らの行いを覆い隠し、人の目から逃れることに特化した力。それがあんたの『罪の形』を示すのだとしたら……その核にあるのは『後ろめたさ』だ。恐怖の剣を極めようとする武芸家なんかじゃない」

「なんだ、と……？」

「『恐怖こそが剣の極意』だって？　それはあんたが、そういう剣術家だって仮面《ペルソナ》を演じてるだけだろう？」

僕はヤジロウに指を突きつけた。

「あんたはただの弱虫だ！　自分より弱いやつを必死で探して、安全圏からそれをレイプするドクズだ！　辻斬りだと？　剣術家だと？　かっこつけるな！　お前は侍にもなれず刃物を振り回してるただのガキだ！」

「やめろおおおお！」

立ち上がったヤジロウが刀を振り回し、突っ込んで来るのを僕はかわす。

「……歪んだコンプレックスに『人斬り武芸者』という仮面を被《かぶ》せ、取り繕うために多くの人の命と恐怖を犠牲にしたこと。それがお前の罪の本当の形！」

「う、うがああああああ‼」

ヤジロウの頭上に浮かんでいた血の色の月が歪み、周囲の闇が波打つように揺らいだ。

そして月が頭上に落ちるようにして、闇がヤジロウの身体を包む。

「うおおおお‼」

ヤジロウは刀を振り、暴れるが、もはやどこに向かっているのかさえわかっていないようだった。

「なんだ⁉　どこだここは⁉　なにも見えぬ、聞こえぬ……！」

ヤジロウは恐慌《きょうこう》状態となり、泣き叫ぶ。

「罪威《ヴァイス》が……裏返った……」

ヤジロウの姿を隠す「血月」は、裏返ったことで、ヤジロウから全ての世界を隠してしまったらしい。

「……僕の勝ちだ」

僕はヤジロウの落とした刀を拾い上げた。

殺人鬼の心理なんてわかりたくもないけれど——この男がこうなってしまったことの奥底には、侍として強さや男らしさを求められてきたことへの適応障害があったのかもしれない。異常とも言える女性への憎悪、嗜虐性から見るに、幼少期に母や姉、近しい女性から虐待を受けたとも考えられる。だとすれば憐《あわ》れにも思えるが——それでも、僕はここでこの男を裁かなくてはならない。

僕は刀の重さを確かめ、そして——泣き叫ぶヤジロウに向かって、振り下ろした。

「アカミ……」

声をかけられ、僕は振り返る。ルーザがそこに立っていた。

「また、助けられてしまいましたね」

ルーザはそう言って微笑《ほほえ》んだ。

「あー……」

僕は帽子を目深《まぶか》にかぶる。

あの時、立ち去り際にルーザに囁《ささや》いた――「犯人は戻って来る、僕もだ」と。

案の定、ヤジロウは現れた。でもそれってつまり、ルーザを囮《おとり》に使ったって話で――

「……ごめん、ルーザさん。僕がもっと早く犯人を推理していれば、危険に晒《さら》すようなことはなかったんだけど」

「いいのです。あなたの戦いの力になれたのですから」

しどろもどろになりかけた僕を、ルーザが制した。

「あなたが来ることを信じていました。だって私はあなたの助手ですから」

参ったな――僕は帽子の鍔で、表情を隠した。

「とにかく、これで一応、ここは安全だと思……」

――と、そこで急に足の力が抜け、僕は地に膝をついた。身体に力が入らない――思ったよりも血を流しているようだ。

「アカミ！」

ルーザが駆け寄り、僕を支える。その手のひらが傷口に添えられ、そこから温かな光が広がった。吸い取られるように、痛みが消えていく。

「……ありがとう。だいぶ楽になった」

治癒の魔法――これは本当にすごい。僕の世界にもあればよかったのに、と思う。

「傷口を塞いでも、魔法にできるのはそれだけです。血はすぐに増えません。しばらく休んでください」

「いや、あんまりのんびりとしてるわけにも……」

そう言って僕はみじろぎする――と、なにか光るものが落ちた。

「あら、これは……？」

それは、衝撃でひしゃげたコイン。現世で神崎の銃弾を受け止めたものだ。どうやら、ポケットがヤジロウの斬撃で切り裂かれてそこから落ちたらしい。

「……お守りだよ。僕の命を守ってくれたものだ」

僕はコインを取り上げる。かつて、親父《おやっ》さんが僕にこれをくれた。それは確か、僕を助手として認めてくれた時だったと思う。

僕はそのコインをしばらく見つめ――そして、顔を上げた。

「ルーザさん、これ、持っててよ」

「え？」

「僕のことを信頼してくれたお礼……助手の証《あかし》、ってとこかな」

「……あ、ありがとうございます……」

ルーザは手のひらでそのコインを受け取り、そして戸惑いの表情を浮かべた。

「……あなたは二度も私を助けてくれました。こんなになってまで……」

ルーザの手が僕に優しく触れる。

「なぜ私を助手と呼んでくれるのですか？」

「……なぜ、って言われても……」

――この監獄界で初めて出会い、助手となったパートナーだから。僕の師匠である親父《おやっ》さんと同じことを言った人だから。冤罪《えんざい》の可能性がある人物だから。いろいろ、理由はある。けど――

「……悪は倒せない。でも、身の回りの誰かを救うことはできる」

「……え？」

「目の前に現れた誰かを助けられる力が自分にあるなら、それを行使せずにはいられない……探偵ってのはそんなお節介な性分なんだ」

僕はそう言ってルーザの肩に手を当てた。ルーザは頷《うなず》く。

「あなたはそういう人なのですね……」

ルーザが言う言葉に、僕は首を振る。

「違うよ、君がそういう人だからだ」

「えっ……？」

驚くルーザに、僕は思わず笑う。

「……たぶん僕は、君となら一緒に戦いたいと思ったんだ」

「…………」

ルーザは少し戸惑った顔を見せ――そして、困ったような顔で笑った。

「おかしな人ですね、あなたは」

「お互い様じゃないかな」

「ええ、私はあなたの助手ですから」

僕らはそう言って笑い合った。

「……いい雰囲気のところ、邪魔して悪いんだけどォ」

――と、そこへ突然声がかかる。僕らは慌てて、声のした方へと振り返った。そこに立っていたのは、耳の尖《とが》った浅黒い肌の、小柄な女――

「……クミエ？」

立ち去ったはずの女詐欺師・クミエがいつの間にか、そこに現れていた。

＊＊＊

「あたしはね、この世界の最後のひとり《ラスト・クリミナル》になってやろうとか、そんなつもりはないんだよねェ。だから心配しないで」

夜が明けて、だいぶ回復した僕は、クミエが起こした火にあたりながら彼女の話を聞いていた。

「どうして、私たちに協力するのです？」

ルーザの問いに、クミエは笑った。

「リアメイさんがいなくなっちゃったからさァ。他の宿り木が必要ってわけ」

「それだけの理由で来た人間を信用しろと？」

「そうよ。却《かえ》って信用できると思わない？」

クミエは身を乗り出した。

「これは詐欺師としての意見だけどね……世の中で一番信用するべきはなんだと思う？」

「金……とかではないのですか？　あなたのような人にとっては」

「あたしに言わせりゃ、金を信用してるのは二流なんだよねェ」

「では……まさか『絆《きずな》』などと言うのですか？」

「そりゃ三流の言うことかなァ」

ルーザはぶすっとした顔をし、クミエはまた笑った。

「いい？　名探偵の旦那にルーザの姐《ねえ》さん、この世で一番信用するべきもの、それはね……『タイミング』さ」

「タイミング……？」

「そう。どんなにうまい儲《もう》け話だろうと、どんなにいい男だろうと……タイミングが悪ければ絶対にものにはできないの。逆に、いいタイミングで来たものはまず、逃さない。こいつは、詐欺に限らない人生の心得ってものなのよォ」

「そのタイミングが、僕らだと？」

僕がそう問い返すと、クミエはにかっと笑った。笑顔が自由自在だというのは、詐欺師として有能な証拠だと僕は思う。

「ま、そういうことねェ。お互い、仲間を作るんなら、今、ここしかないってタイミングでしょ？」

「まぁ、そうには違いないね」

「……いいのですか、アカミ？」

「もともとルーザさんと一緒にリアメイさんの集落にいたんだし、まぁ大丈夫じゃないかな。この監獄界で僕らを騙《だま》しても一銭にもならないし……」

それに今後、他の勢力と交渉する必要が出てくるかもしれない。その時にクミエの能力はきっと役に立つだろうと思った。クミエの目的がどうあれ、当面の利害が一致しているのは間違いない。

「大丈夫よ、あたしは戦えないからねェ。探偵の旦那の寝首なんか掻《か》けやしないって」

クミエはそう言ってまた笑った。

監獄界に来て、２日。僕は２人の敵を裁き、２人の仲間を得た。

§3　名探偵と情念の蛇女

「……まずは、ひと山ってところかしら」

カロンはモニターを見ながら呟《つぶや》いた。この監獄界にやって来た者の大半は、最初の戦いを越えることができずに消滅する。どんなに屈強な戦士であろうと、環境に不慣れな内に不意を突かれ敗北する可能性はあるのだ。あの探偵もそうなる恐れはあった。しかし、彼はそれを乗り越えたらしい。

まあ、もし彼がすぐに敗北し、消滅するようなことがあったとしても――カロンは笑みを浮かべた。彼女の計画に狂いはない。

「ご機嫌のようねぇ、カロン」

モニターを見つめるカロンの後ろに、何者かが立った。振り向くと、そこに立っていたのはカロンと同様に黒ずくめの衣装に身を包んだ女だった。ただし、こちらはカロンより背が低く、その衣装も太ももを露《あらわ》にした露出度の高いものだ。顔をベールで隠さず、豊かな金髪を振りながら仏頂面《ぶっちょうづら》をカロンに向けていた。

「そちらのお気に入りのヤジロウは負けたみたいね、タナトス？」

カロンがそう言って微笑《ほほえ》みかけると、タナトスと呼ばれた少女は幼い顔に浮かべた仏頂面をさらにしかめた。

「あなたの差し金でしょう、あの探偵……忌々しいったらありゃしない」

「私はなにもしてないわよ？」

「ふん」

タナトスは別の椅子に座り、カロンと向かい合う形になった。

「ねえカロン。あたしたちの役目はこの闘争裁判《デュエルコート》を恙《つつが》なく進行することよね」

「……ええ、そうね」

「ルールは絶対。そうでしょう？」

「そのとおりよ。なにもやましいことはしていないわ」

「…………」

睨《にら》みつけるタナトスに、カロンは笑い返す。タナトスはしばし、憮然《ぶぜん》としてカロンを見ていたが、なにも言わずそのまま立ち上がり、踵《きびす》を返《かえ》し部屋を立ち去ろうとした。

――と、暗闇の中に浮かぶ扉の奥へその姿を溶け込ませようとする刹那、タナトスが振り返る。

「……あなたがなにを企《たくら》んでいるか知らないけど……あたしたちは闘争主《ゲームマスター》の意思には逆らえないわ。肝に銘じておくことね」

「……忠告はありがたくいただいておくわ」

カロンが見つめるその先で、タナトスは扉をくぐり立ち去って行った。

＊　＊　＊

「あと、62人……」

賢明なる蛸盤《スマートタブ》の画面を見ながら、僕は思わず呟いた。どうやらこの情報は1日ごとに更新される仕組みのようだ。経過時間が70時間、これまでに死んだ闘罪人《クリミナル》は38人。

このペースが早いのか遅いのかはよくわからない。ただ、最初に多くの者が脱落することは想像に難《かた》くない。リアメイのように、仲間を集める者たちもいるとなれば、ここからはペースが落ちるだろう。

問題はこれまで脱落した者の中に、依頼の目的である「冤罪」の人物がいたのかどうか、ということだが——カロンからなんの連絡もない以上は、「罪の総量」に変化はないということなのだろうか。いずれにしろ、急いだほうがよさそうだ。

「アカミ、準備ができました」

ルーザから声をかけられ、僕は振り向いた。

「うん、今行く」

僕はルーザとクミエが待つ場所へと向かった。半壊した遺跡の神殿の奥――祭壇のようになった場所だ。そこに、儀式の用意がされていた。

簡易的に用意された祭壇、その前に並べられたリアメイとプロクール、ハディム、そしてヤジロウの遺体。ルーザはその前に立ち、厳《おごそ》かに呪文を唱え始める。

「神聖なる光よ、この者らが受けし肉のあるべき姿へと還《かえ》れ……」

ルーザが呪文を唱えると、彼女の身体《からだ》がほのかに輝き出す。それが4つの遺体に燃え移るようにして、輝きを増す。

聞き取ることのできない言葉をルーザが短く、強く発した。それと共に、遺体が光の粒子に分解されるようにして宙空へと還っていった。

光がすべて消え去った跡には、祭壇の上に衣服と持ち物だけが残された。ルーザによれば「光葬」という神聖魔法らしい。

「見事なもんだなァ。あたしらの世界にゃこういう魔法はなかったよ」

「ああ、僕の世界にもだよ」

詐欺師のクミエが言うことに僕は頷《うなず》いた。集まった闘罪人《クリミナル》たちはそれぞれ、別の世界から来ている。それぞれの世界では文明のレベルも、その様相も異なっているし、クミエや医師《ドク》レンドルのようにそもそも姿かたちの違う者もいる。

「あたしらの世界では、魔法ってのはもっと複雑な儀式が必要だったなァ……魔法陣を描いて、何人もの司祭が儀式を行って術式を刻み、魔力を閉じ込めんの。それを組み込んだ『魔導機』ってのを、用途別に作っておく感じで」

「それは僕の世界の『機械』っていうものに近いなぁ」

魔法と科学の違いはあれども、それぞれに世界を豊かにする工夫がされているわけだ。

「あたしも多少の心得はあるから、時間さえあれば基本的なものは作れるけどね。ちゃんとしたものは専門家でないと無理かなァ」

「なるほど。その辺もこっちの世界の『機械』と似てるね」

そこへルーザが横から口を挟む。

「私の世界にもそのようなものはあります。王国を守る結界がそうでした。巨大な魔法陣を組み込んだ建物で、あらゆる魔力の干渉を退《しりぞ》けることができて……」

「へぇ。それじゃ、ルーザちゃんがあたしの世界の魔法を使うこともできるのかなァ？」

「……どうなんでしょう？　こちらの魔法とは考え方がずいぶん違うような気もしますけど……」

「例えば、クミエが作った術式に、ルーザさんが魔力を注いだらどうだろう？」

僕が言うと、ルーザは首をかしげる。

「私の魔力がクミエさんの世界のものと同じかはわかりませんけど……」

「面白そうじゃない！　後で試してみようよォ」

そういうものを用意しておければ、大きな武器になるかもしれない。確かに試してみる価値はありそうだった。

「……武器、と言えば……」

僕は立てかけてあった長いものを取り上げる。それは、ヤジロウが使っていた日本刀
――この世界に持ち込まれたものは、持ち主が死んでも消えたりはしないらしい。

闘罪人《クリミナル》は、自分の能力や身の回りのものを、この世界に持ち込むことができる。僕が自分の衣服をそのまま着ているのも、ルーザの魔法も同じことってわけだ。

僕は刀を鞘《さや》から抜き、手にしてみた。重心を確かめながら、昼間に見たヤジロウの動きを思い返す。人を嬲《なぶ》ることに特化した動きとはいえ、洗練された技だった。そのイメージを身体に重ね、イメージの中で刀を振ってみる。その重さと、重心が、脳裏に刻まれたヤジロウの技と重なる。

「……なるほどね」

　僕は手にした刀の感覚を、身体の中で反芻《はんすう》した。罪威《ヴァイス》ではない、ヤジロウが現世で修練を重ね、身につけた技。

　他の闘罪人《クリミナル》たちも、それぞれの能力と、そして罪威《ヴァイス》とを持っているのだろう。これから、彼らと渡りあっていくためにどうすればいいか――

「……クミエは、他の闘罪人《クリミナル》に会ったことある？」

　刀を鞘にしまいながら尋ねると、クミエは長い耳を撫《な》でながら言った。

「この闘争裁判《デュエルコート》が始まって約3日、自慢じゃないけど、あたしほど多くの闘罪人《クリミナル》と会った者はいないでしょうねェ」

「へぇ……」

　僕が感心していると、横でルーザが眉をひそめた。

「あなた確か、リアメイが初めて会った闘罪人《クリミナル》だって言ってませんでしたか……？」

「あー、まぁ、その辺はいろいろとね」

　そう言ってクミエは笑った。僕は再び感心する。

「つまり、ある程度情報収集をした上で、リアメイの下が一番有利と判断した、と……」

「ふふ、まぁそういうことねェ」

　クミエはそう言って頭を掻く。やれやれ――喰《く》えない女だ。僕は注意深くクミエを観察した。

「僕らに協力するのは、タイミングがよかったから……じゃないのかい？」

僕が問うと、クミエは両腕を広げる。

「ええ、ええ、そうだよォ。この世はタイミングが全て。そのタイミングの前では、人生の目的や使命なんて銅貨1枚の価値もないの」

「それじゃ、リアメイさんに嘘《うそ》をついたのは……？」

「それはだって、他の勢力と通じてるんじゃないかって疑われても嫌でしょォ？」

「ふぅん……」

あからさまに不審な顔をして身構えるルーザ。するとクミエは、僕に向かってニカッと笑ってみせた。

「わかった、わかった。じゃあいいよ。あたしは探偵さんが気に入ったからついていきたいのよォ」

「なっ……⁉」

クミエはするすると僕にすり寄って、胸を押し付けるように僕の腕を抱きかかえた。ルーザが動揺の表情を浮かべる。

「そ、そんな理由だったのですか⁉」

「そうよォ。なにか問題でも？」

「も、問題というか……」

やれやれ——僕は帽子の鍔《つば》を下げた。こういう手合いはなかなか、自分の本心を見せはしないだろうな。

「……まぁいいよ。こんな場所でバカ正直に立ち回るのは危険だっていうのはわかる」

僕は腕からクミエを引きはがし、言った。

「それじゃ、他の闘罪人《クリミナル》のことを教えてくれない？」

「アカミ……こんな女の言うことを信じるのですか？　嘘かもしれないのですよ？」

ルーザが警戒の色を隠さず言うのに、僕は肩をすくめる。

「なにも情報がないのと、嘘だろうと情報があるのと……どっちが有利かっていう話だよこれは。趣味の問題もあるけど……僕はわずかでも情報がある方がいい。嘘なら嘘で、その嘘をつく種が推理できる」

「……また、『スイリ』ですか……まるで魔法ですね」

ルーザが呆《あき》れ、そしてクミエは笑った。

「安心してよ。詐欺のコツってのは、如何《いか》に嘘をつかないかってことだからねェ。1から10まで嘘で固めるような正直なやつには向かないんだ」

「……うん、それは納得感のある話だ」

「それにあたしは、惚《ほ》れた男に嘘はつかないよ？」

「…………ッ！」

「あーもう、そういうのはいいから」

僕はルーザに振り向いて言う。

「まあ、惚れた男にどうこうはともかく……たぶん信用していいと思うよ。今この状況なら、僕らに本当のことを言う方がメリットが大きいからね」

「……そういうものでしょうか」

「ルーザちゃんはこういうことには不得手みたいだけど……ま、騙し合いに必要なのは信頼関係ってね。探偵の旦那はそこんとこがわかってるみたいだねェ」

クミエは僕に向かい、ニヤリと笑いかけ、そして話を始めた。

「リアメイさんに会うまでに、あたしが会ったのは11人。そのうち3人は特に要注意って感じねェ」

そう言って、クミエは居住まいを正す。

「まず1人目……山賊王ターヴィッシュ。こいつはわかりやすく、暴力の権化《ごんげ》だよ。金剛鬼人《ドヴェルグ》っていう種族らしいけど……身の丈よりもデカい斧《おの》をぶん回すようなやつさ」

その男は僕も蝋盤《タブ》で見てチェックしていた。1000人を超える山賊団の頭領として領地を荒らしまわり、誰に仕えることもなく暴虐の限りを尽くした悪漢。多くの部下を抱えながらも、常に先頭に立ち誰よりも多くの敵を殺害したという。

「もう既に10人近い部下を引き連れてたから、あのカリスマ性は本物だね。海岸沿いに根城を作ってるはずだ。暴力バカは扱いづらいし、あたしは行かなかったんだけどね」

「……他の2人は？」

「他の2人は一緒に行動してるよ。怪僧ノストゥと、魔少女アリス。あの2人、気が合ったのかなァ……」

怪僧ノストゥ——宗教者として多くの信徒を抱え、政治や軍事にも影響を及ぼしたというカルト教団のリーダーだ。数々の予言を的中させ、人心を掌握、財産や妻を差し出させて自らは贅《ぜい》の限りを尽くしつつ、多くの信徒たちを破滅に追いやり、また国をも崩壊させたという。

そして魔少女アリス。こちらは可憐《かれん》な12歳の少女でありながら、魔性の魅力で多くの大人たちを操ったという。彼女に魅入られた者は男であろうと女であろうと、皆彼女の意のままに操られ、そして彼女を巡りお互いに殺し合った——

「その2人が一緒にいるっていうのは、なかなか強烈だね」

「ほんとだよ。ま、キャラが被《かぶ》るんであたしはさっさと逃げ出したけどね」

クミエによれば、ノストゥとアリスと出会ったのは森の中の古い祠《ほこら》だったという。彼らは2人だけで、他に仲間はいなかったとか。

「……人心掌握に長《た》けた2人が、仲間も作らず2人だけで潜んでいる……不気味ですね」

ルーザが言った。確かに――この2人が闘争裁判《デュエルコート》に積極的に参戦するつもりなら、それこそ先ほどの山賊王ターヴィッシュにでも取り入るんじゃないだろうか？　なにか別の意図があるのか――

「それと、もうひとつ気になるんだけど……」

僕はクミエに向かって言う。

「その祠ってところには行った？」

「え？　まぁ、少しだけど……」

「どんな風だった？　その、例えば……」

僕は今いる場所を見回す。

「この遺跡と、なにか共通点がなかったか？」

「ふうん……」

クミエは半壊した遺跡の神殿を見回し――そしてこちらを見た。

「いやいや、探偵の旦那……あんたやっぱり面白いねェ。あんたについていくのが一番楽しそうだわ。やっぱりタイミングには従うべきだよ、うん」

その横でルーザが訝《いぶか》し気な表情を浮かべた。

「どういうことですか？」

「ルーザちゃん、つまりこのお人はねェ、この場所そのものに疑いをかけてるんだよ」

「この場所そのもの……？」

「そのもの、というか、まぁこの闘争裁判《デュエルコート》にね」

僕は帽子を目深《まぶか》に下げる。

「この神殿……明らかに『文化』の痕跡がある。ということは、ここには文明があったってことだ。その小屋もたぶん、同じ文化に基づいたものだろうね」

「え……？」

「闘罪人《クリミナル》はあらゆる世界から送り込まれてるっていうけど……だったらここはどこの世界なのか？　闘争裁判《デュエルコート》専用に用意された亜空間的な場所かとも思ったけど……もともとここに文明が存在したのだとすれば……」

——今回の依頼にも、最後のひとり《ラスト・クリミナル》になることにも、関係はないかもしれない。しかし——この違和感を紐解《ひもと》いていけば、なにかの糸口になるんじゃないだろうか。つまり、この闘争裁判《デュエルコート》という仕組みを操っているのは誰なのか――？

「……そんなこと、気にしてる暇があるのかしら？」

――不意に、声がして僕らは振り返った。先ほどリアメイたちの遺体を送った神殿の祭壇――そこに、何者かが腰かけている。

「何者ですか⁉」

「おっと、別に怪しい者じゃないわよ」

声の主は祭壇から飛び降り、地面に立つ。太腿《ふともも》を露出した黒ずくめの装束。ベールこそ着けていないが、その出で立《いた》ちには覚えがあった。

「そう身構えないで。あたしはこの闘争裁判《デュエルコート》の参加者じゃないわ」

「え？」

少女は小柄な身体をこちらに向け、スカートの端をつまんでうやうやしくお辞儀をした。

「あたしの名はタナトス。この監獄界の裁判員《ジャッジ》のひとりよぉ」

「……やっぱりね。カロンの仲間ってことか」

「仲間じゃないわ。ただの同僚よ」

タナトスは血の色の瞳をこちらに向け、言った。慇懃《いんぎん》に笑ってはいるが、その目はまったく笑っていなかった。

「……その裁判員《ジャッジ》が、僕らになんの用なの？」

僕はタナトスに向かい言った。ルーザはまだ警戒し、身構えている。クミエはとっとと部屋の隅に逃げ、遠巻きに様子を窺《うかが》っていた。

「そんなに身構えられたら話しにくいわ。ねぇルーザちゃん？」

「…………」

ルーザはその呼びかけには応えず、タナトスを睨《にら》みつけていた。心なしか、僕の背に隠れるような体勢ではあるけれど。

「……ふふふ、いつまでそんな態度でいられるかしら？」

「……ど、どういうことですか⁉」

「ま、その話は後で。先に一般的な連絡事項よ」

「一般的な連絡事項？」

「そう。賢明なる蝋盤《スマートタブ》は持ってるかしら？　あ、ルーザちゃんのは巻物《スクロール》だったわね」

「…………」

僕は自分の蝋盤《タブ》を取り出した。

「これがどうかしたの？」

「ま、慌てないで。もうそろそろのはずよ」

そう言ってタナトスは懐中時計を取り出し、見る。

「あと、5秒……3、2、1……」

――と、蝋盤《タブ》の画面が光り、新たな表示が現れた。

『リアルタイムランキング』

画面に現れた表示にはそう書かれている。

「ランキング……？」

「そう。ま、見れば一目瞭然よね」

僕は蝋盤《タブ》の画面に目を落とし、現れたボタンをタップする。そして表示されるリスト――トップに記載されているのは、山賊王ターヴィッシュ。殺害数は5人――順当というところだろうか。

2位は3人で、同数の同順位が続く。

「上位にいるのは大体、山賊王の周りにいた連中みたいねェ」

なるほど――つまり、これまでに死んだ38人の闘罪人《クリミナル》は、ほとんど山賊王ターヴィッシュの一味によって斃《たお》されたということか。

「あなたも入ってるわよ、探偵クン？」

画面をスクロールして下の方に行くと、僕の名前が見つかった。殺害数は2人、順位は上から7番目。なかなかの順位ってところだろうか。

「……ちなみに、既に退場した人はランキングから外れてるけど、ページ切替《きりかえ》で見ることもできるわ」

へぇ、意外と運営がちゃんとしている。これのUIを設計したのは誰なんだろう、などと思いつつ、僕はそっちのページも見てみる。と——

「……なるほどね」

ランキングの2位が入れ替わっていた。2位は4人を殺したブッチャー・ゾッグ——僕が倒した相手だ。それを倒したのが僕であることも、ばっちり記載されている。

「ブッチャー・ゾッグは私たち裁判員《ジャッジ》の間でも注目株だったの。それをあなたがいきなり倒しちゃったから、今回は波乱の予感がするわね」

タナトスはころころと笑った。

「とーぜん、これは全体に公開された情報だからねぇ。注意してね？」

「ご忠告どうも」

つまり、僕はマークされたっていうわけだ——今後、色んな闘罪人《クリミナル》に接触して情報を集めたいところだったけど、これは動きにくくなるな。それに、この蜥盤《タブ》の情報を細かくチェックする敵は、それだけ手ごわい相手のはず。確かに警戒した方がいいかもしれない。

「でも、これさ……」

　僕はタナトスに向かって尋ねる。

「闘争裁判《デュエルコート》は最後のひとりになるまで戦うわけで……このランキングって、あんまり意味なくない？」

　別に順位賞があるわけでもないだろうし――ついでに、戦いが進めばこのランキングに載る者自体がどんどん減っていくわけで。

　しかし、タナトスはそれに対して、口を尖《とが》らせた。

「でもせっかくだから盛り上げようと思って」

「盛り上げ……？」

「そうよ、盛り上げ。だって、放っておくと闘罪人《クリミナル》のみんな、ぜんぜん戦わなかったりするんだもの。だから、こうしていろいろな仕掛けを用意して闘争裁判《デュエルコート》を盛り上げるの。それが裁判員《ジャッジ》の務めってわけ」

　そう言ってタナトスは楽しそうにくるくると回った。

　どうやら、裁判員《ジャッジ》にもいろいろなのがいるらしい――だとするともしかして、僕に依頼をしてきたのはカロンの独断だったのだろうか？　少なくとも、裁判員《ジャッジ》の方からなんらかの支援を受けるようなことは期待できなさそうだ。

「あ、そうそう」

くるくると回っていたタナトスが不意に回転を止め、言った。

「もうひとつ、お知らせがあるの。これはそういう盛り上げの一環なんだけどね」

タナトスはそう言って目を伏せ、モジモジとしてみせた。あまりにも白々しい仕草だ
──と、次の瞬間、顔を上げたタナトスは、瞬時にそこから姿を消した。

「……ッ⁉」

見ていたはずなのに、視界から消えた──一体、なにが起こったのか、僕にもわからなかった。慌てて、周囲を見回す──クミエもまた、瞠目《どうもく》してきょろきょろとしているのが見えた。

「は～い、ルーザちゃんはこちらですぅ～」

声がした方を振り向くと、タナトスがルーザの背後に回り、その腕を捕らえていた。

「……な、なにを……ッ⁉」

ルーザは抵抗していたが、タナトスはびくともしない。なんてやつだ。これが裁判員《ジャッジ》の力だってわけか──

「ルーザちゃんには、特別試合《スペシャルマッチ》を受けていただくことになりました」

「特別試合《スペシャルマッチ》……⁉」

タナトスは血の色の目を細める。

「そうよぉ。だってルーザちゃん、この世界に来てからまだぜんぜん戦ってないんですもの。それじゃ困るのよねぇ」

「…………！」

闘争裁判規則《デュエルコート》、その二。裁きを受けない限り、闘罪人《クリミナル》は戦いを続けなければならない。

つまり、闘争裁判《デュエルコート》に消極的な闘罪人《クリミナル》を、無理やり戦いの場に引きずり出すのが特別試合《スペシャルマッチ》
ということか——？

「ちょ、ちょっと待って。ゾッグに止《とど》めを刺したのはルーザさんだけど……？」

僕の倒した数は2人となっていたけど、そのうち1人はルーザさんのものなんじゃ？

「うーん、でもあれは実質的に探偵クンが倒したやつだしねぇ」

そういう細かい判定はするのか。僕の後ろからクミエが声を上げる。

「そういうことなら、あたしも誰ひとり倒しちゃいないけどォ……？」

「まぁ、そうね。他にも殺害数ゼロの人は結構いるんだけど……ま、その中から抽選で選ばれたのがルーザちゃんってわけね」

「抽選……？」

「要は誰でもいいのよぉ。これは見せしめなんだから」

参ったな——最初の脱落者が一段落したこのタイミングで、停滞しないようにテコ入れをするってわけだ。こうなってくると、抽選が無作為なものだったかも怪しい。それに、この対戦は——

「くっ……！」

タナトスが腕を離し、ルーザはようやく自由になる。

「……相手は、どなたなのですか？」

ルーザが口を開いた。タナトスは笑う。

「既に相手も決まっているわ。闘罪人《クリミナル》ＩＤ：81、『人喰《ひとく》い蛇女』ハリヤよ」

「ハリヤ……」

それは確か——元の世界では娼婦《しょうふ》として働いていたという闘罪人《クリミナル》だ。若い貴族と恋仲になったものの、その貴族が妻子持ちであり、自分を騙《だま》していたことに怒り、自分を捨て旅立つ貴族を追いかけ、貴族が逃げ込んだ寺院に火を放ち、周囲の人々を巻き込んで自ら共に焼け死んだという情念の女——

「……わかりました。その人と戦えばいいのですね？」

「ふふふ……それくらいの積極性が最初からあれば、こんなことにはならないのよ？」

そう言ってタナトスはまた、くるりと回る。

「特別試合《スペシャルマッチ》は明朝。場所は島の中央の闘技場跡よ。遅れないようにねぇ。それと……」

タナトスはくっくっと含み笑いをする。

「それまでに他の奴《やつ》に殺されないようにね？」

そう言うと、またタナトスは姿を消した——文字通り、その場から消え去っていなくなった。今回は、この神殿の中にもいない。

「ルーザさん？」

僕が声をかけると、ルーザは震えていた。この人に、戦いができるのだろうか——僕は顔を上げ、クミエと視線を交わす。

「……私には、勝ち抜かなければならない理由があります」

片方の手で、もう片方の肩を押さえながら、ルーザが言った。

＊　＊　＊

僕らは相も変わらず、引き分けの町《ドロータウン》のあった神殿の遺跡を拠点にしていて、夜は半壊した石造りの建物の中に寝るようにしていた。この場所は断崖を背にしているので、ルーザの魔法で結界を張れば警戒には最適なのだ。

ふと、夜中に目覚めた僕は、ルーザの姿が消えていることに気がついた。

「ルーザさん？」

まさか、対戦を前に逃げ出したなんてことはないだろうけど——不安になった僕は、彼女を捜して外に出る。

夜空には無数の星明りが瞬《またた》き、周囲は意外と明るかった。彼女の寝床はまだ温かかったから、遠くには行っていないはずだ。僕は建物の周囲を回ってみる。と、裏手からなにか音が聞こえてくる。断崖の脇から小さな滝が落ちており、遺跡を掠《かす》めるようにして清涼な川が流れている、その方からだ。

侵入者かなにかの可能性もある——僕は慎重に、そちらへと回り込む。滝が落ちる場所は緩やかな池のようになっていた。水もあるし魚も獲《と》れることが、ここの拠点の利便性を向上させているのだ。そちらから、滝の音とは別になにかの声が聞こえてくる——これは、歌——？

「ルーザさん、そこにいるの？」

そう声をかけながら、僕は岩陰から滝のあたりへと、出た——

「……きゃっ⁉」

短い悲鳴とともに、肌色が跳ねるように動いた。

——肌色？

「ア、アカミ……？」

「え、え……？」

星明りが水面を照らし、あたりが薄く柔らかな光に包まれる中に、ルーザの姿があった。一糸まとわぬ姿が。

「えっと……？」

目で見たものを、脳が認識するまでには0．1秒ほどのタイムラグが発生するという。僕がその時、自分の目で見たものを理解するまでには、たぶんもうちょっとかかったと思う。肌色、曲線、ルーザの姿――

「うわわわっ⁉」

脳がそれを理解したその瞬間、僕は慌てて振り返り、後ろを向いた。

「ご、ごめん！　その……いや、えっと……」

「あ、いえ……こちらこそ……」

「いやこっちこそ」

「いえ……」

お互いにしどろもどろになりつつ、意味のない言葉が飛び交う。覗《のぞ》いてしまった――僕は自己嫌悪《けんお》に陥りつつ、どうしたらいいかと混乱し、その場に突っ立っていた。

「あ、服を……着ますから」

「あ、う、うん」

ルーザにそう言われ、僕は慌ててその場を離れ、岩陰に引っ込んだ。今まで、それさえも思いつかないほど動揺していたのだ——まったく、名探偵にあるまじき失態だ。でも仕方ないじゃないか、だってあんな——

「え、えっと、ルーザさん！」

気まずさを誤魔化すため、岩越しに僕は声をかける。

「な、なんで今、水浴びを……？」

岩の向こう側からは、しばらく返事はなかったが、少ししてルーザの声がした。

「大事な儀式の前には、身を清め心を引き締めるのが習わしでしたから……」

明日の特別試合《スペシャルマッチ》に向け、身を清めていたというわけか。

「あー、そう、だよね。確かに」

それで、会話が途切れる。しまった。気まずい。えっと、どうしようか。

「さっき、なにか歌ってた？　あれはなに？」

我ながら雑な会話だ。心なしか戸惑い気味の声が返って来る。

「……私の故郷の歌、です……」

「そうなんだ」

また、会話が途切れてしまった——どうしよう。うーん、と岩陰で頭を抱えていると、そこへ服を身に纏《まと》ったルーザが現れた。長い髪が濡《ぬ》れて肩にかかり、その身体《からだ》のラインを強調し——ま、まずい。変に意識してしまっている——

「……友達が、好きだったんです」

不意に、ルーザが言った。

「……え？」

「さっきの歌……」

「あ、ああ」

なんだ、歌のことか——自分で振った話題であることも忘れ、僕は動揺を隠そうと帽子を目深《まぶか》にかぶった。ルーザは言葉を継ぐ。

「その子とは、幼馴染《おさななじ》みで……一緒に育って。それで成長すると、私は聖光《せいこう》魔法の才を、彼女は剣の才を見出《みいだ》されました」

「……へぇ」

ルーザは髪についた雫《しずく》を軽く絞りながら、話を続ける。

「私が聖女と呼ばれるようになったころ、彼女は勇者と呼ばれ……多くの人々を助け、強大な魔王の軍勢と戦っていたんです」

僕は黙って聞いていた。ルーザが今話していること、これは――

「……あの時……彼女の命を助けるために、私は自分の力で魔導兵器を解き放ち……その魔力を使ってしまったせいで無辜《むこ》の民が1000人あまり、命を落としました。彼女はその後魔王を討伐し、数千人、数万人の命を救ったのです」

「………」

ルーザは首を振った。

「私は今、言い訳をしています」

ルーザは肩を大きく動かし、息をついた。

僕はなにも言えず、夜空を見上げた――星は雲に隠れ、見えなくなっていた。先ほどの星空は、現代日本とは違うものだっただろうか――と、そんなことを考える。

ルーザが口を開いた。

「アカミは……自分の手で人を殺したことがありますか？　その……元の世界で」

ルーザが言った。僕は息をひとつ、つく。

「……あるよ」

ルーザがはっとした顔でこちらを見る。僕はその顔を見ずに答える。

「元の世界にいた時にね……この手で殺した」

「…………」

僕は鍔《つば》を上げ、ルーザを見た。

「ゾッグを倒したときとはわけが違う。自ら戦い、自ら相手に止《とど》めを刺す……ルーザさんにはそれができますか？」

「……わかりません」

ルーザは首を振った。

「私は……この手を汚すことなく、１０００人に上る人々の命を奪いました。それは自らの手で命を奪うことと、どちらが罪深いのでしょう？」

「…………」

僕は黙っていた。ルーザもまた黙っていたが、やがてまた口を開く。

「……友達を助けたかったのか、より多くの民を助けたかったのか……未《いま》だに私には、よくわかりません」

「……うん」

「私の罪とは、一体なんだったのでしょう……私はどうすればよかったのでしょうか？」

どちらに転んでも、罪へと至る道。その結果、監獄界《ここ》へと送り込まれ、戦いを回避していれば戦わされる――確かにひどい話だ。罪とされるのは一体、行為の結果なのか、それとも行為の意思なのか。

「……アカミ、私は勝ちたいのです」

ルーザは顔を上げ、言った。

「勝って、元の世界に戻りたいのです。次はきっとうまくやれるはずだから……癒《いや》しと守りに特化した私の聖光魔法で、どこまで戦えるかわからないけれど」

「…………」

「アカミ、あなたにはあなたの目的があるのですよね？」

「……え」

不意に言われ、僕は驚いた。ルーザはそんな僕の反応を見て微笑《ほほえ》む。

「なんとなくわかっています。そのために私と協力したいということも」

参ったな――頭のいい人だと思ってはいたけど、思ったよりもずっと鋭いらしい。ルーザは僕を真っすぐに見て、言う。

「それがなんなのかはわかりませんが……ならば、私がここで負けては困りますよね？」

ルーザの目は真剣だった。僕の目的があるということをわかった上で、それすらも受容れて自分の信念を貫こうという、有無を言わせない強さがあった。探偵として色んな人たちと接してきたけど、こういう目の人は最終的に、自分の意志を貫徹する人たちだ。こういう目に、僕は弱い。それに——

「……もちろんだ。助手にいなくなられちゃ困るからね」

ルーザは頷《うなず》いた。僕はルーザに近づいて、言葉を継ぐ。

「生き残るため、とっておきの戦術を、ルーザさんに教えるよ」

「本当ですか⁉」

「ああ、だけど、その前に……」

僕は帽子の鍔を上げ、ルーザと見つめ合う形になった。僕はその黄金の瞳を覗き込み——口を開く。

「……元の世界で、なにか食べたいものは？」

「……え？」

「なにかあるでしょ？　ルーザさんの好物、さ。甘いものとか、子どものころ好きだったもの、とか」

ルーザは呆気《あっけ》に取られていた。僕はその顔を覗き込む。

「今、頭の中に思い浮かべたね？」

「……ぷっ」

ルーザが噴き出した。目を細めて相好《そうごう》を崩し、口に手を当てて笑う。この世界で出会ってから、初めて見る笑顔かもしれない。それは年相応の、あどけない表情だった。

「よかった。力が抜けたみたいで」

「……まったく、なんなんです？」

ルーザが笑顔のまま口を尖《とが》らせた。僕は肩をすくめ、言う。

「あなたが本気でこの闘争裁判《デュエルコート》を勝ち残り、元の世界に帰ろうとしてるのはわかった。だけど……やらなければいけないという気持ちは得てして、その人の実力を削《そ》ぐ。やりたいっていう気持ちの方がいい結果を生むことが多い。勝負前のメンタル・シフトだよ」

「……あなたの言っていることは時々、よくわからないけど……」

ルーザは涙の滲《にじ》んだ目元を拭い、言う。

「秋の終わりに母が焼いてくれた林檎焼き菓子《アプフェルクーヘン》……できればあれがもう一度食べたいです。時期が過ぎて味の落ちた林檎《りんご》を使ったものの方が美味《おい》しいのです」

「いいね」

僕も笑い、頷いた。

「こうしなければならない、って思うと、人間は自分を大きく見積もるんだ。だから大抵、想定外の事態に足をすくわれる。けど、こうしたい、は自分が人間であることを思い出させてくれる。自分の弱さを自覚しなければ、戦いには勝てないんだ」

「それがアカミの、戦いの心得？」

「……師匠が教えてくれたんだ。戦いに限らず、物事に臨むときの重要な心構えだって」

「ふうん……」

ルーザは僕の顔をまじまじと見る。

「アカミはなにをしたいのです？」

「……え？」

「あなたにもあるでしょう？　元の世界に帰ったらやりたいこと」

「いや、僕は……」

口ごもる僕に、ルーザは首を振る。

「私はなにがなんでも自分の望みを叶《かな》える気でいます。しかし、あなたの望みを聞いておくくらい、構わないでしょう？」

「……いや、まぁ……」

「もしあなたが敗北したら、あなたの望みも私が背負います」

軽口ではあるが、ルーザの表情は真剣だった。やれやれ——どうやらこの人には敵《かな》わない。さすがのカリスマ性というところか。

「そうだなぁ……元の世界に戻ったら……」

「戻ったら？」

悪戯《いたずら》っぽく覗《のぞ》き込むルーザの視線を受けながら、僕は改めて考える。自分の望み――元の世界でなにをしたいか――

「……また、探偵がしたいかな」

我ながら、つまらない回答だと思ったが、ルーザはそれを聞き、満足げに頷く。

「アカミは探偵である自分が好きなのですね」

「……うん、そうかもしれない」

「私も、聖女である自分のことは結構好きです。役目を煩わしいと感じたり、重責から逃げ出したくなったこともあるけれど……」

ルーザは空を見上げ、言った。僕はその横顔をしばらく、黙って見ていた。ルーザはその視線に気がつき、照れ臭そうに笑う。

「……今日はもう遅い。明日の朝、とっておきの戦術を教えます」

「はい、そうしましょう。よろしくお願いします」

そう言ってルーザは神殿の中へ入って行った。僕は冷たい空気を大きく吸い込み――そして吐き出した。

「……たぶんあの人は……違うな」

彼女の語った、彼女の「罪」──それが冤罪《えんざい》だとは思えない。それとも、彼女はまだなにか嘘《うそ》をついているのだろうか？　そうだとしたらだいぶショックなのだけど──

僕はため息をつき、神殿の中へ戻ろうと踵《きびす》を返《かえ》した。

「……ふ〜ん、紳士なんだァ」

あらぬ方向から声をかけられ、僕は驚き声を上げた。いつの間にか、岩の上にクミエが乗って、こちらを見ながらニヤニヤと笑っている。

「い、いつからそこに……⁉」

「ずっといたよォ。旦那が気づかなかっただけでしょ」

ニヤニヤした顔をさらにニヤニヤさせながら、クミエは言う。

「……で？　どうなの？」

「な、なにが⁉」

「見たんでしょ？　彼女のハダカ……」

「わー！　やめろ！」

慌てて僕はクミエの口を塞ぐ。クミエは僕の手をどけて、またもやニヤニヤ顔を見せた。

「頭はめっぽう切れるクセに、こういうことには不慣れみたいねェ？」

「……べ、べつにいいだろ」

「悪いとは言ってないよォ。ただ……男女の仲だけは、タイミングってものを待ってちゃダメだよォ？」

「…………」

僕はニヤニヤを崩さないクミエに背を向け、神殿の方へと向かった。

＊　＊　＊

森を抜けて広くなった場所で、背後に山肌を背負い、脇には穏やかな湖。一度に複数の自然を楽しめる場所に、その闘技場は建っていた。

「……やっぱり、ここもか」

僕はその建物を見上げ、言った。大きなスタジアムのような石造りの建物——僕らが拠点としている神殿ほど崩れてはいないものの、やはり「遺跡」と言って差し支えないものだ。年代も、そして建築の様式も、神殿と同じ文明に思える。

なによりも、この場所——明らかに、人が集まりやすい郊外にわざわざ建てられたものだ。つまり——例えば、超常的な力で出現させたとは考えにくい。やはり、この島にはもともと文明があったのだろう。それを「監獄界」として再利用しているというわけなのだろうか——

「ルーザちゃんの対戦相手ってのはもう来てるんかなァ？」

「さあね。まずは入ってみてってところかな」

「入ろうとしたらいきなりズドン、ってなことないでしょうねェ……」

クミエと話しながら、僕らは入り口の門《ゲート》へと向かった。その間、ルーザは黙っていた。

「ルーザさん」

僕は振り向いて、彼女に声をかける。

「……大丈夫です」

ルーザは顔を上げ、笑った。僕はクミエと顔を見合わせ、頷いた。

通路をくぐり抜け、中へと進む——と、大きな空間が開《ひら》けて目の前が明るくなった。土がむき出しの、円形の広場。その周囲に階段状の客席が設《しつら》えられ、スタジアムほど大きくはないものの、ちょっとした体育館ぐらいはある、それはまさに闘技場だった。

「旦那、あれ」

クミエに示された方を僕は見る。観客席の一角に、何人かの男たちが集まっていた。

「あれが山賊王ターヴィッシュだよォ」

中央にいる男——他の男たちよりもいくぶんか背は低いようだが、縦と横が同じくらいの印象を抱かせる屈強な体軀《たいく》に、全体が髭《ひげ》で覆われた毛むくじゃらの顔と、角のついた兜《かぶと》を被《かぶ》った頭に、ぎょろりと覗く目。なるほど――ヤクザの親分を思わせる迫力だ。周りの男たちもそれぞれ、まず人を何人かは殺しているだろう、という雰囲気を持っていた。

山賊王のギョロ目がこちらを見て僕と目が合った。僕は帽子に手をやり、軽く会釈《えしゃく》をする。山賊王はそのまま、視線を戻してしまった。どうやら、ここでどうにかしようという気はないようだ。

「特別試合《スペシャルマッチ》の視察にわざわざ来るとは、意外と殊勝なお方なんだねェ」

「……それだけ侮《あなど》れないってことさ」

この特別試合《スペシャルマッチ》が開催されることは蜘盤《タブ》を通じて闘罪人《クリミナル》たちにも通知されているが、わざわざ見に来ているのはターヴィッシュたちだけのようだ。それがつまり、あの男の危険さを物語っている。ただ暴力に優れているだけでは、バトルロイヤルの場で人を従えることなどできないだろう。

「……それよりまずは目の前の敵からです」

ルーザが言い、僕らは彼女の視線の先を追う。闘技場の反対側から、背の高い女が姿を現していた。

「あれが、『人喰《ひとく》い蛇女』ハリヤ……」

現代の知識で言えば、アラビア風の装束だが、薄い布で作られた幅広のパンツにへそ出しという露出度の高い出で立《いた》ち。頭からかぶった頭布《ヒジャブ》が背中まで垂れている。その下から覗く、強い目――

「あなたがルーザさん？　かわいらしいのね」

ハリヤがにっこりと笑い、小首をかしげた。

ハリヤは長身をゆらゆらとさせながら、闘技場の真ん中へと進み出る。「人喰い蛇女」という異名だが、その身体《からだ》つきはどうやら僕らと同じ人間のようだ。年のころは20代半ばというところか――普通の女性よりは背が高く、そして胸が大きい。娼婦《しょうふ》だったというが、現代の日本ならモデルか女優かという華やかなスタイル、それでいてその顔立ちには儚《はかな》さをも伴った雰囲気の女だった。しかし、その目だけはまさに蛇のような、感情の読めない光を湛《たた》えている。貴族との悲恋の末に、多くの人を巻き込む火事を起こした悲劇の主人公――それが、これか。

ルーザは一度、僕らの方へ振り返った。

「……行ってきます」

「うん」

気を付けて、とか、がんばって、とか言うのも変な感じがする。なにしろこれは、試合なんかではないのだ――

「……この特別試合《スペシャルマッチ》に、特殊なルールなどはないわ。やることは通常の闘争裁判《デュエルコート》と同じ」

――と、聞き覚えのある声がする。振り返ってみると、僕らの背後にいつの間にか、黒ずくめの女が姿を現していた。

「カロン⁉」

「2日ぶり、かしら、探偵さん？」

ベールの奥で、赤い瞳を光らせてカロンは言った。

「どうしてここに？」

「あら、特別試合《スペシャルマッチ》に裁判員《ジャッジ》が立ち会うのはおかしなことかしら？」

「それだったら、あっちのタナトスって子が担当じゃないの？」

「いろいろあるのよ。シフトとかね」

多分いい加減なことを言われた、という直感があったが、僕は黙っていた。そしてカロンはルーザの肩を叩《たた》き、ハリヤの方へと進み出る。

「……どうも、裁判員《ジャッジ》さん」

「見違えたわね、ハリヤ」

カロンがそう声をかけると、ハリヤはしなを作り、上目遣いでカロンを見る。

「どうしても戦わないとダメかな……？　わたし、女の子と戦うの嫌なんだけど……」

「あなた、女の子に限らず戦っていないでしょう？」

「まあそうだけど……」

カロンは首を振る。

「罪が決するまで戦い続けるのが、この世界だから。そうでない者を戦いに向かわせるのも私たちの仕事なのよ」

「そっか……」

ルーザが前に進み出て、ハリヤと向き合う。カロンは2人を見比べるようにその間に立っていた。

僕とクミエは闘技場の端で壁に寄りかかり、戦いを見守る。

「勝算はあるの？」

「……ルーザさん次第かな」

「ふーん……それじゃ、質問を変えるけどォ」

クミエは闘技場の真ん中に立つ3人の女の様子を見ながら、言った。

「ルーザ嬢が勝つか、負けるか……どっちが都合がいいの？」

「それはどういう意味？」

「……あんたの目的はここで勝ち残ることじゃないんでしょォ？」

僕は覗《のぞ》き込むクミエの顔を見返した。クミエは眉をぴくりと動かし、言葉を継ぐ。

「仲間がいた方が都合がいいってのはわかるけどォ……命を懸けて守る対象でもないのよねェ。助けるんなら、相応の計算があるんじゃないの？」

「計算なんてないよ。君も僕らと一緒にいるのに計算なんてないんだろう？」

僕がそう返すと、クミエは妙な顔をした。

「意外なことを言うんだねェ、旦那。理屈っぽい人だと思ってたのに」

「まぁ、理屈っぽいのは認めるけど……人を助けたり、仲間意識を持ったりすることには基本、理由なんてないでしょ？」

「ふうん……」

そう言うとクミエはニカッと笑う。

「じゃあやっぱ、ルーザちゃんに惚《ほ》れてんの？」

「……ほら、もうそろそろ始まるみたいだよ」

「なによー、つまんないのォ」

僕がはぐらかすと、クミエは口を尖《とが》らせる。

「それじゃ、ピンチに陥ったルーザちゃんを命がけで救い出そうとする名探偵の雄姿を拝むこともできないのォ？」

「うーん、それはどうだろうね」

僕は帽子を目深《まぶか》に下げ、鍔《つば》の下からクミエを覗き見る。

「そんなことになる前に、ルーザさんは自力で勝っちゃうかもしれないよ？」

闘技場の真ん中から、カロンが離れた。ルーザとハリヤが向き合い、身構える。僕は客席の方をちらりと見た。山賊王ターヴィッシュとその一味も、戦いの動向を注視していた。

＊＊＊

「準備はいいかしら？」

そう言うと、カロンは衣装の中から1枚のコインを取り出した。向き合ったルーザとハリヤの間に緊張感が走る。

「そうそう、言い忘れてたけど……」

コインを指に載せたカロンが顔を上げた。

「この特別試合《スペシャルマッチ》ね……この場所を選んだのには理由《わけ》があるのよ」

「理由……？」

そこで、カロンはコインを頭上に弾《はじ》いた。

宙を舞うコインが、放物線を描き——そして。

——ドドドドッ！

コインが地に落ちたその瞬間、闘技場が、揺れた。

「な、なんだ⁉」

「あっつ⁉」

揺れと共に、僕らが立っているこの場所の、背後に立つ壁が——赤熱し、高温になる！

僕らが慌てて壁から離れた、その時——

——ボッ！

突然、壁が巨大な炎に包まれた。

「こ、これは………⁉」

たちまち、闘技場は炎の壁に囲まれたリングと化していた。

「ここの闘技場には、こういう仕掛けが施されてるから、この試合の会場に選ばれたってこと……いわゆるデス・マッチね」

「……そんなっ⁉」

「炎の壁は徐々に狭まっていくわ。つまり、引き分けは共倒れよ」

「マジかよ……」

僕はルーザを見た。炎に囲まれた周囲を見回し、動揺している様が見て取れる。一方のハリヤもまた、おろおろとした表情を見せていた。

「……ああ、こんなのってないわ……どうしてもやらないといけないのよね……」

そう言ってハリヤは首を振り、悲し気な表情を見せる。

「仕方ないわ……この炎、借りるわね」

そう言ってハリヤは両腕を頭上へと掲げた――と、周囲の炎の壁から、その手のひらへと炎が集まっていく。

「な、なにを……？」

ルーザが身構えた。ハリヤは頭上に掲げた腕を、目前に振り下ろす――

――ボッ‼

合わさった両の手のひらから、火球が繰り出される！

「くっ……！」

ルーザは身体を捻《ひね》り、その場から飛び退《しさ》った。


——ボンッ！


地面に着弾した火球は炸裂《さくれつ》し、火の粉をあたりに飛び散らす。その跡には小さな窪地《クレーター》ができていた。

「操作するタイプの魔法の遣い手かァ……！」

クミエが唸《うな》った。ハリヤもまた、ルーザやクミエとは違う体系の魔法がある世界の出身だったわけだ。もしかすると、裁判員《ジャッジ》はそれもわかった上でこの試合を仕組んだのだろうか——？　僕はカロンの方を見るが、ベールの向こうの表情は窺《うかが》い知れない。

「あなたみたいにかわいい子に恨みなんてないし……それに、この世界を勝ち抜くほどの力もわたしにはないし」

ハリヤが哀《かな》しげな表情で言った。

「それでも、ただ黙って殺されるのも嫌なの。わかってくれる？」

　そう言ってハリヤは、左右に広げた両の手のひらに炎を灯《とも》した。

「……ええ、それは私も同じです、ハリヤ」

　ルーザも立ち上がり、それに応じる。

「あなたに恨みはない……だけど私には、この世界で勝ち抜かねばならない理由があります。私の罪は私が裁く……それは誰にも譲れない」

「……強いんだね。でも……」

　ハリヤは両の手に灯した火球を、また放った。

「……ッ！」

　ルーザは地を蹴り、駆けてそれをかわす。

「わたしだってッ！　あなたにッ！　負けたくはないのッ！」

　ハリヤは次々と火球を繰り出し、ルーザの行く手を阻《はば》もうとするが、ルーザは悉《ことごと》くそれをかわしていった。

「逃げてるだけとはいえ……ルーザちゃんって、あんなに戦えたんだねェ」

　僕の隣でクミエが感嘆の声を上げる。

「そうだね……喧嘩《けんか》はおろか、スポーツの経験もろくにないのに、殺意満点の攻撃をこんなにかわせるものじゃない」

僕の相槌《あいづち》に、クミエは不思議そうな顔を返した。

「きぃぃーっ！　小賢《こざか》しぃぃっ！」

ハリヤがひと際大きく振りかぶる。と、周囲の炎の壁から渦巻く炎がのたうち、３本の炎の蛇となってルーザに襲い掛かる。

「……つぁッ！」

ルーザはかろうじてそれを避け、地面に転がった。

「あれ？　今の……」

クミエが声を上げる。

「なんか……炎が来るよりも先に、ルーザちゃんが逃げてたような？」

「……フフ、気づいた？　さすが天才詐欺師だ」

「へェ、それが旦那の授けた策ってこと？」

こちらの会話が聞こえたかどうか、ハリヤがルーザに向かって苛立《いらだ》った声を投げる。

「……すごいじゃない、ルーザちゃん。戦いの経験はないはずだよね？」

――と、言うあたりどうやら、ハリヤはしっかりとルーザのことを調べ、準備をしてきたらしい。かなりしたたかな女だと見える。

ルーザは立ち上がり、それに応じる。

「確かに、私には戦士の素養はありません。しかし……どこから攻撃が来るか、わかっていれば避けることはできます」

ルーザがちらりとこちらを見る。口元から思わず笑いがこぼれるのを僕は自覚した。ルーザがハリヤに向き直り、続ける。

「それに私は、あなたのような攻撃の魔法は使えませんが……魔法の技量自体はたぶん、あなたよりも上なのですよ？」

「……まさか、魔法でこちらの動きを読んでいる……!?」

「結界の魔法の応用です。相手からの『害意』を感じ取る魔法……1対1の戦いでは、あなたの攻撃しようとする意図を完全に読み取ることができます」

ヤジロウの襲撃を受けたとき、ルーザが使っていた魔法だ――ルーザの得意とする結界術、その応用だが、魔法自体はそこまで難しいものではないらしい。ルーザほどの使い手なら、かなり正確に、広範に相手の攻撃してくる方向を読むことができる。

「あれ、旦那の入れ知恵？」

僕はクミエに答えて言う。

「いや、あれはルーザさんのオリジナルだよ」

「へぇ……大したもんだなァ」

「そして、見ものはここからだ」

――そう言いながらも、実のところ僕は内心少し焦《あせ》っていた。なぜなら、周囲の炎の壁が輪を狭め、迫って来ているからだ。時間の余裕はあまりない。

ハリヤがその形のいい眉を吊《つ》り上《あ》げ、ルーザを睨《にら》みつけた。

「ならば……これが避けられる⁉」

ハリヤは両腕を大きく広げる――と、近くに寄った炎の壁から、ひと際大きな炎が集まり、ハリヤの周囲に渦巻いた。

「喰《く》らいなさい！　渦炎嵐舞《ファイアストーム》！」

渦巻く炎が嵐となり、ハリヤから繰り出されてルーザを押し包む！

「ルーザちゃん⁉」

クミエが叫んだ。その声を、ハリヤの笑い声が抑える。

「アハハハハ！　どうかしら？　逃げ場なんてないわよぉ？」

闘技場の半分ほどを丸ごと包む巨大な炎の竜巻に巻かれ、ルーザの姿は見えなくなっていた。

「ちょっと名探偵！　あんなのにやられたらルーザちゃんは……」

わめくクミエに対し、僕は帽子の鍔《つば》を上げて応じる。

「まあ見てなって。僕の入れ知恵はここからさ」

――ヴワッ‼

突如、炎の壁の一角から光が溢《あふ》れ出た。

「……なッ⁉」

溢れ出《で》た光は渦巻く炎を貫き、ハリヤへと向かう。それは、光の障壁《バリア》をまとったルーザだった――

「てりゃあぁぁっ‼」

――ザシュッ！

ルーザが構えた短剣《ダガー》が、ハリヤの脇腹に突き立った。

「ぐ……あっ……⁉」

ハリヤは後じさり、その身体《からだ》から繰り出されていた炎が掻《か》き消《き》える。ルーザは勢い余って地面を転がった。

「……こういうことだったのねェ」

　クミエが額に手をやり、息をつく。そう、つまり――

「……ルーザさんの得意は結界術。相手の得手が魔法なら、それを防ぐのなんて元々わけはないんだ」

「それなのにわざわざ、相手の攻撃を読んで避ける姿を印象付けたのねェ」

　クミエが呆《あき》れたように言った。

「その上で今度は、魔法を防ぎながら一気に攻撃に出る……」

「近接戦闘ではたぶん、敵《かな》わない。だからこそ、近接戦闘に勝機がある」

　ルーザがただ相手の魔法を防いでも、近接戦闘に出られたら為《な》す術《すべ》がなかった。僕がルーザに授けた戦略は、相手の攻撃を防ぐものじゃない。それをどう使えば、攻撃が届くか――その手順だったのだ。

「相手の意識の虚を衝《つ》く、見事な詐欺の技だよこれ。旦那は立派な詐欺師になれるねェ」

「誉《ほ》め言葉だと思っておくよ。だけど……」

　ルーザは立ち上がり、身構える。その先でハリヤは、短剣《ダガー》の刺さった腹部を押さえながら震えていた。どうやら、本番はここからだ――

「こ、こんな……こんな……」

ハリヤの震える唇から、言葉が漏れ――そして、爆発する。

「ひどぃぃイイイ‼ なんでこんなことするのォォ⁉」

ハリヤが突然、わんわんと泣き出した。

「せっかくわたしが勝ってあげようと思ったのにぃイイ！ あなたにわからせてあげたかったのにイイイ！ 本気で戦うなんてズルいよォォォォォォ⁉」

「な、なに……⁉」

怯《ひる》むルーザに向かって、ハリヤは腹のナイフを抜き、そして笑顔で語り掛ける。

「ねぇルーザちゃん……わたしね、あなたのためを思って戦うことにしたのよ？ だって、あなたはとっても頑張って、とっても辛《つら》い思いをしてるでしょう？ タナトスに聞いたの……罪を償うために戦おうとしてるって。そんなの……そんなの悲しすぎるって思ったから、この特別試合《スペシャルマッチ》でわたしが終わらせてあげたかったのに……本気で戦ってくるの、おかしくない？」

「なに言ってるの……？ 意味がわから……」

「ねぇ、わたし可哀《かわい》そうじゃない？ だって、別に勝ち抜くつもりでもないのに、本気で戦うつもりじゃなかったのに、こんなことされて……」

身勝手な理屈を並べながら、ハリヤは一歩ずつ、後じさるルーザに近づいていく。その一歩を踏み出すごとに、ハリヤの身体が変化していた。

「……ねえ、謝ってよ……わたしの思い通りにならなかったこと、謝ってよ、ルーザちゃん……」

「……ッ‼」

　そしてハリヤの下半身は、ぬめぬめとした鱗《うろこ》に包まれた巨大な蛇のものとなっていた。

「あれが、あの女の罪威《ヴァイス》……？」

　身体そのものが変化する――そういう罪威《ヴァイス》もあるのか。

「くっ……！」

　短剣《ダガー》を失ったまま、ルーザが身構えた。そこへハリヤが、わざとらしいくらい申し訳なさそうな顔を作り、語り掛ける。

「ねえルーザちゃん、あなたのせいなのよ……？　あなたのせいでわたしはこんな風になったんだからね……？」

「あー……あの顔、ヤバいなァ」

　クミエが隣で言った。僕はそちらに問いかける。

「どういうこと？」

「あの顔はね、本気で自分が被害者だと思ってる顔だよね。ああいう女は一番タチが悪いのよねェ」

「あー……」

それはあれだ。周囲にあることないこと吹聴しまくって自分でもその話を信じ込んでしまうっていうタイプの――

「血反吐《ちへど》を吐いて謝りなさいよォォォォォォ!!」

ハリヤが蛇の身体を蛇行させながら、ルーザに襲い掛かる。

「くっ……!」

ルーザはそれを避け、距離を取ろうとする、が――

「どこへ行くのォォォ!?」

ハリヤの蛇の身体が、円を描いて素早くルーザに回り込んだ。そして、その腕を鋭く振り落とす――

――ドギャァッ!

なにかエグい音がして、地面が抉《えぐ》れた。ルーザはかろうじて地面に転がり、それをかわしてはいたが、素手の一撃であの破壊力――どうやら下半身が蛇になっただけでなく、全身のパワーも強化されているらしい。

「く……ッ！」

ルーザは近くに落ちていた自分の短剣《ダガー》を拾い、立ち上がって構える。ハリヤがそれを見下ろし、にゃぁ～と笑う。その口が頰のあたりまで裂けていた。

「だめよぉ……あなた、戦ったこととか、ないんでしょう？　それがそんな、必死な顔で、泥だらけになって……ごめんねぇ、そんなことさせてごめんねぇ？」

「なにがごめんねよ……ッ！」

ルーザが短剣《ダガー》を振るい、ハリヤに斬りかかる——が、ハリヤはそれを軽々かわす。２度、３度——振るわれる短剣《ダガー》の攻撃は届かず、ハリヤはその身体を大きく旋回させてルーザの身体に巻きつける。

「あっ……ああっ！」

ルーザは逃れようとするも、ハリヤの太い胴体に阻《はば》まれて押し込まれ、ついに巻き付かれてその細い身体を締め上げられた。

「くぁぁぁっ！」

メリメリと音を立て、ルーザの身体をハリヤが締め上げる——！

「痛い？　痛いのルーザちゃん？　でも、あなたを痛めつけてるわたしの心もとっても痛いのよ……？」

ハリヤがルーザの顔に自分の顔を近づけ、その顎を指で撫《な》でながら言う。

「……めちゃくちゃな理屈だなァ……」

クミエが呆れた様子で言った。

「でも、ああいうのは結構厄介なんだよな……」

自分の正しさを信じている人間には迷いがない。迷いのなさは、強さに繋《つな》がる。躊躇《ちゅうちょ》なく相手を打ち倒すことができる者が、その迷いのなさゆえに技術で勝る相手に勝つというのはよくあることなのだ――まして、相手はルーザだ。戦いに不慣れなだけでなく、相手を傷つけたり打ち倒したりすることにそもそも、躊躇がある。

じかし――あのハリヤという女の罪威《ヴァイス》、どうもあれは――

「……行くか」

僕は帽子を目深《まぶか》にかぶり、足を踏み出した。

「手を貸すの、旦那？」

クミエがそこに声をかけてくる。

「ルーザ嬢の勝算は崩れた……そこへあんたが助け船を出すのかどうか。助け船を出すんならちゃんと、計算はあるんでしょうねェ？」

「……どうだろうね。戦いに絶対はないからな」

一応、計算がないわけではない。しかし、それで確実に勝てるというものでもない。まぁ、それはゾッグの時も、ヤジロウの時も同じだったのだけど。とはいえ――かかっているのが自分の命なら、いざとなれば逃げるだけだ。それが他人の命となると、当然そこに打算が入ってくる。しかも今は、勝ち抜かなければ死ぬという闘争裁判《デュエルコート》の真っ最中なのだ。誰を助け、誰と敵対するかは重要な選択になるわけだが――

僕は肩越しにクミエに振り向いた。

「でも、打算だけじゃ寂しいじゃん？」

「……お好きにどーぞ。あたしゃここで面白がってます」

肩をすくめるクミエを置いて、僕は足元に転がった石を拾い上げた。炎の壁はさらに狭まっている――もうあまり時間はない。ここから闘技場の中心までは、ショートから1塁、ってところか。僕は石を振りかぶり――

――ブウン！

僕の投げた石が、一直線にハリヤに飛ぶ！

「……！」

ハリヤは顔面に向かって飛んできた石を避ける。

「……今だ、ルーザさんッ！」

「うあぁぁっ！」

締め上げが緩み、その隙にルーザがハリヤの胴体に短剣《ダガー》を突き立てる！

「……ッ！」

短剣《ダガー》の一刺しでハリヤの締め付けは完全にほどけ、その隙にルーザは転がり出るようにしてハリヤから逃れた。

「……急になぁに？　女の顔に石を投げつけるなんて、ひどい殿方ね」

こちらを振り向き、僕に気がついたハリヤが顔を上げる。

「いや、ちょっとルーザさんの加勢をね」

僕がそう言うとハリヤは顔をしかめ、カロンの方を見る。カロンは何も言わず、様子を見守っていた。

「この戦いは闘争裁判《デュエルコート》のルールに則《のっと》るってことだよ。ならば、加勢が入ることなどが特に禁止されてるわけでもない」

「……やっぱりルーザちゃんてかわいいから、いざとなれば男が助けに来るのよねぇ」

　そう言って、ハリヤは冷たい目でルーザを見る。

「……なにを……ッ！」

　ルーザが抗議の声を上げようとする。が、僕はハリヤとルーザの間に入り、それを制した。ハリヤは困ったような顔をしてみせる。

「わたしはあなたに興味ないし……この子を殺したら、あなたに殺されてあげてもいいんだけど。それでどうかな？」

「どうかな、って言われてもな」

　突然のハリヤからの提案——しかし、それに乗った場合の顚末《てんまつ》について、僕には明確なイメージがあった。恐らくこういう女は、僕がその提案に乗ってルーザを見殺しにしたら、なんのかんの理屈をつけて約束を反故《ほご》にする。しかも自分が被害者だと主張する。それでいて、今の提案自体は騙《だま》そうという気はなく、たぶん本気で言っている——そういうこの女の人格《パーソナリティ》を、僕は既にかなり把握できていた。それは典型的なものだから——

「探偵は最初の約束を守るものなんだ。たとえ、後からよりよい条件を提示されても、最初の依頼者が優先だ。ましてや、ルーザさんは僕の助手だからね」

「ふうん……でも本当はやっぱり、この子がかわいいからなんじゃない？」

「一応言っておくけど、さっきの話は依頼者が男でも同じだよ。それに……」

僕は帽子の鍔《つば》からハリヤを見る。

「あなたも充分魅力的だよ、ハリヤさん。少なくとも、その『皮』はね」

「…………ッ」

般若《はんにゃ》の面というのは、嫉妬や恨みの籠もる女の形相を表現したものなのだという。今のハリヤの顔はまさにそれだった。なるほど、こういう顔になるのか。

「アカミ……？　一体なにを……」

「すべては繋がった。今からこの女の本当の罪を明らかにする」

「…………ッ!?」

僕は般若の顔を解いたハリヤを正面から見る。

「……わたしの本当の罪？　いったいなに言ってるの？」

ハリヤは芝居がかった仕草で両手を広げる。

「わたしの罪はわたしが一番わかってるよ。わたしはあの方……宮廷の貴公子ミロール様と恋に落ちた。それは、娼婦《しょうふ》のわたしには許されることのない禁断の恋。わたしの心には重すぎた……それでわたしは狂ってしまったんだから」

「……え？」

思わず僕はルーザと顔を見合わせる。

「あの方とわたしは結ばれない運命……わたしはその運命を否定したかった。世界に抗《あらが》うために、わたしは火を放ったの。自らの気持ちに殉じたのよ」

「……蝋盤《タブ》に書かれていた内容と少し違うみたいだけど？」

「ああ、あれって実際と違うこともあるみたいなのよ」

それは知ってた。知ってた、けど──

「わたしの真実……それはミロール様への愛だけ」

ハリヤは恍惚《こうこつ》とした顔で続ける。

「わたしの人生は貧しく、辛《つら》く、希望のない日々だった……その中に差した一筋の光、それがあの方だったの。あの方を愛し、愛されたあのひと時だけが、わたしの……」

「うん、あなたの中でどうなってるのかはよくわかったよ」

僕はハリヤの言うことを遮って言う。

「だけど、まず第一に……あなたはたぶん、そのミロール様に愛されてはいない」

「…………ッ！」

ハリヤが再び、般若の形相になる。そこへ、ルーザが後ろから口を挟んだ。

「そ、そうです！　賢明なる巻物《スマートスクロール》の情報によれば、あなたは弄ばれただけだと……！」

「もし、公的にはそうされているのだとすれば……わたしが彼の重荷になったってことなんだよね、きっと……」

「ええ……?」

ハリヤは泣きそうな顔でうつむいた。

「だからわたしはああするしかなかったの……火をつけて、わたしが捕らえられれば、せめてわたしのこの想《おも》いだけは彼に伝えられると思った。ううん、彼が立場ある人だってのはわかってるわ。自分勝手な恋かもしれない。わたしが身を引けばそれで丸く収まるのかもしれない。それでも……わたし、この自分の想いに蓋をすることができなかった！　いてもたってもいられなかったの！　一度、あの人に会いに行ったことがあったわ。あの人はこちらを見てくれなかったけどわたしのことには気がついてた。敢《あ》えて目を合わせないその気持ち、きっと彼も辛かったんだと思うのだけどわたしも辛かったわだからいっそ全て燃えてしまえばあの人も楽になるに違いないってそう思ったううんわたしが捕らえられて縛り首になることであの人のことを苦しめてやりたいっていう気持ちがなかったとは言わないけれどでもいいの炎とともにこの恋も燃えて灰になってしまえばそれでよかったわわたしの恋はわたし自身をも焼いて真っ白な灰になり風の中に消えていくわたしは彼のことずっと見守っていて彼は風の香りとともにふとわたしのことを思い出すそれが」

「はいはいはい、わかった、わかったよもういいから」

僕はハリヤの演説を止めた。ハリヤがむっとした顔で黙る。僕はひと息ついて、彼女に言った。

「それらすべて、あなたの妄想だ。あなたはそのミロール氏と恋愛はおろか……弄ばれてさえもいないし、恐らくは顔見知りですらないはずだ」

「…………ッッ⁉⁉」

ハリヤは目を丸くした。ルーザも、クミエも呆気《あっけ》に取られていた。僕は話を続ける。

「世界を敵と味方の2色に分け、自分が敵から攻撃されている被害者と認識しつつ、物事を自分の思い通りにしようという強い支配欲を発揮する……ストーカーになるやつの典型的な思考回路なんだよ、あんたは」

ルーザに対して見せた、自らを被害者と定義しているが故の加害性——それに、支離滅裂で自分勝手な妄想。さらに、この女の罪威《ヴァイス》。

「……ふざけたこと言ってんじゃねぇぞこのガキがよォォォ‼」

不意に、ハリヤが逆上の声を上げた。

「ルーザさん、短剣《ダガー》貸して」

「あ、はい……！」

僕はルーザから短剣《ダガー》を受け取り、身構える。そこへ、文字通りに蛇行しながらハリヤが襲い掛かって来る！

「てめぇのキ○タマ食い破ってやるォォォッ‼」

雄叫《おたけ》びと共に、ハリヤが上半身をもたげ、覆いかぶさるようにしてこちらに襲い掛かって来る！　僕は慌てて、その攻撃に背を向けてその場から逃れようとし――

――ガゴォン！

ハリヤの腕が地面を抉《えぐ》った。しかし――

「……⁉　消えた⁉」

ハリヤの視界から、僕の姿は消えていた。攻撃は空振りしたし、それをかわした姿も、そこにはない――

「48の探偵技・その6、『ミスディレクション』」

「⁉」

ハリヤの背後から声をかけると、彼女は驚いて振り向こうとした。しかし、振り向いた先にも僕はいない。

手品の基本――わずかな仕草で相手の意識を誘導し、その意識に気づかれないところでコインを隠したり、カードをすり替えたりする。先ほど、背後を見せて逃げようとした——その姿をわざと印象付けた上で、逆方向にかわす。脳が予測する方向に僕はおらず、まるで瞬時に消えたような錯覚を起こす。今、声をかけたのも同じだ——声をかけた場所から一瞬、タイミングをずらして移動することにより、ハリヤが「当然ここにいるはず」という場所の外に身を置くだけのこと。一瞬だけ騙せればそれで充分なのだ——

——ガキッ！

僕は背後から、ハリヤの首元に組み付いた。

「くぁ……ッ！　貴様……！」

「今、お前の正体を暴いてやる……ッ！」

そして僕は、手にした短剣《ダガー》で、ハリヤの顔を切り裂く——！

「グガアアアア‼」

激しく暴れるハリヤから、僕は素早く離れた。

「……え？」

ルーザが声を上げる。その視線の先には、先ほど短剣《ダガー》で切り裂かれたハリヤの顔——

「やっぱりね。ハリボテだったか」

僕は帽子の鍔越しにハリヤを見、そして手にした短剣《ダガー》の刀身を見た。どちらからも、血は流れていなかった。

「おのれえええええええ！」

ハリヤが斬られた箇所を掻《か》きむしるように指を立てる。よく見れば、その傷口の向こう側から、別の顔が覗《のぞ》いているのがわかる。

「アカミ……！　これは一体……⁉」

ルーザの困惑する声に僕は頷《うなず》いた。

「まず第一に、蝋盤《タブ》に載ってるこの人の顔と、実物の顔……まぁ同一人物だと言われればそう見えるけど、けっこう雰囲気が違う。実物の方が美人だ。それ自体はよくあることと言えばそうだけど……」

僕は手の中で短剣《ダガー》を弄びながら、言う。

「問題は、その顔がばっちり化粧をしてあることさ」

「あ……」

蝋盤《タブ》に載っていた画像の顔も、そして僕らの前に現れた顔も、どちらも化粧をした顔だった。この監獄界で、３日も過ごしているのにもかかわらず、だ。

「それに、ルーザさんが胴体に短剣《ダガー》を突き立てたとき、血が流れなかったからね。つまり、この罪威《ヴァイス》は身体《からだ》そのものを変化させてるんじゃない、身体の外側に拡張したものを纏《まと》ってるんだと気がついた。だったら、そのメイクした顔も、その力で美しく装《よそお》ってるんだろうってのはすぐに想像がつく。ついでにちょっと自分を美化してるしね」

「……だからなんだっていうの⁉　顔を変えたからってそれが……！」

ハリヤは破れて歪《ゆが》んだ顔で叫ぶ。表情まで自在に動く、便利な皮だ。変装用に僕も欲しい――などと言っている場合じゃない。僕は話を続ける。

「つまり、あんたの罪威《ヴァイス》はそういう能力だってことだ。その罪威《ヴァイス》は、徹底して内側を向いている。そして、そこにあなたの恋人だっていうミロールの姿はない」

「………………ッ⁉」

「罪威《ヴァイス》は罪を映す鏡。あんたはミロールに執着し、火事を起こして多くの人を巻き込んだ。それは恋や愛なんて綺麗《きれい》なもんじゃない。ただの独りよがりだよ。あんたのその罪威《ヴァイス》と同じように、徹底して自分のことしか考えてないんだ」

ゾッグの罪威《ヴァイス》は家を支配し、拷問と虐待を加えたその器具が、ヤジロウの罪威《ヴァイス》は闇夜に紛れて自らの身を隠し、一方的に相手を嬲《なぶ》ろうというその心性が、それぞれ現れていた。ならば、ハリヤの罪威《ヴァイス》に現れているその欲望は、自らの都合いい姿に合わせて自らの記憶さえゆがめる、その思い込みの激しさなのではないか？

僕は帽子の鍔《つば》からハリヤを見、指を突きつける。

「お前は自分の勝手な思い込みに、世界が合わせないことに憤《いきどお》っていた。そしてその思い込みに付き合わせるため、火を放って罪なき人を巻き添えにし、自分を悲恋の主人公に仕立て上げたんだ。それがお前の真の罪だ！」

「………………」

ハリヤは黙っていた。罪威《ヴァイス》は自ら受《う》け容《い》れていない罪が監獄界で外に現れたものでもある。たとえ自分が心の中で拒絶していても、他人から突きつけられれば少なからず、その罪を認識してしまう。それによって罪威《ヴァイス》は裏返り、自らを害してしまう――

「……はぁ……探偵さん、すごいね、あなた」

ハリヤがため息と共に言った。

「そんな根拠のないことを、そんなに堂々と口にするなんて。メンタル強くて羨ましいっていうか」

――あれ？

なにかおかしい。ハリヤは平然としている。いや、それどころか――

「言ったでしょう？　わたしの犯した罪は、わたしが一番よく知ってるって。あの人はわたしを愛した後、涙を呑《の》んで別れたの。運命が2人の間を裂き、そしてわたしはそれにあらがったの」

──ビキ、ビキ

下半身が蛇となったハリヤの身体が、さらに巨大化しているようだった。それに、背中のあたりがなにか、不気味に蠢《うごめ》いている──

「わたしはッ！　愛に殉じッ！　世界に逆らったのよォォォォッ‼」

──ヴァキイ！

ハリヤの背中から、蜘蛛《くも》の脚が出現した。え、なにあれ。なんでパワーアップするの──

「誰にもッ！　わたしたちの愛をッ！　貶《おとし》めさせはしないのおォォォォッ‼」

より禍々《まがまが》しい姿になったその身体をうねりくねらせながら、ハリヤが襲い掛かる！

「うわわわっ⁉」

僕とルーザは慌てて、その攻撃を避けて地面に転がった。

「アカミ⁉　なんですかあれは⁉」

「わ、わからないけど……なんかやらかしたみたい……」

ハリヤがそこへまた襲い掛かる。


――ガォン！


蜘蛛の脚が大地を抉り、僕らはかろうじてそれをかわした。

「く、そ……ッ⁉　なんで……」

「愛は全てに優先するのよォォォォォォッ！」

謎の雄叫びと共に、ハリヤの一撃がまた地面を抉る。僕はとりあえずそこから逃げる。

「くそっ……どうすれば……⁉」

距離を取り、ハリヤに向かう――その禍々しい姿は、さらに巨大化しているように見えた。あれじゃゾッグ以上の怪物だ。ああいうのと戦うのは、探偵の仕事じゃない――

――ザッ

と、僕の前に小柄な人影が進み出た。

「やりすぎたみたいねェ、探偵の旦那」

「クミエ……！」

振り返ったクミエが僕を見て笑う。

「やっぱりこういうのには不慣れなんだねェ」

「どういうこと……⁉」

「だって、あのタイプを追い詰めたらああなるに決まってるじゃない」

「あーっと……それはつまり……」

追い詰められて、より強く罪を拒絶し、罪威《ヴァイス》がパワーアップした――？

「ストーカーに自分の罪を認めさせることほど難しいこともないわよねェ」

「た、たしかに」

なんてこった。こいつは仮面《ペルソナ》でなく、自分の作った物語を心の底から信じ切っている
――これじゃ罪威《ヴァイス》を裏返すことなんてできやしない。思い込みの激しいストーカーって、
この監獄界じゃ最強なんじゃないか？

「いいかい、旦那。女に向かってお前は間違ってる、なんて言うのは野暮も野暮ってもん

だよ？」

そう言ってクミエは自分の耳を撫《な》でる。

「まァ見てなよ。女を諭す時にはね、もっと優しくしてやらなくちゃァいけないのさ」

浅黒い肌に長い耳、先ほどまで僕と一緒に、ルーザの戦いを見ていた森夜妖人《スヴァルトアルヴ》の女詐欺師・クミエが、ハリヤの前に立ちはだかった。

「なにをゴチャゴチャ言ってるのよォォォォ‼」

ハリヤが吼《ほ》える。と、その背中から生えた蜘蛛の脚に、炎が灯《とも》った。

「お前ら全員、焼け落ちなさいよォォォォォォ‼」

ハリヤが反らした全身を前に繰り出すようにして、すべての脚を振り下ろす。と、ともに炎が渦を巻き、蛇のようにのたうちながらクミエに襲い掛かる！

「危ない！　結界を……」

「やめて、ルーザちゃん」

クミエが片手でルーザを制した。

「え……⁉」

と、次の瞬間には、クミエの全身が炎に包まれる！　ルーザはすかさず、結界を張るが、それは僕とルーザを守るので精いっぱいのものだった。

「アハハハハ！　カッコつけて出てきたけど、なんのつもりだったんだいィイ⁉」

　高笑いするハリヤ。そして、渦を巻いた炎が晴れ──

「……⁉」

　そこには、全身を焼く炎に耐えたクミエが、焼け焦げた地面の上に2本の足で立っていた。クミエは頭をかばった腕を下げ、顔を上げてハリヤを見る。

「……熱いなァ、あんたの炎は……こんな情熱的な女、ミロールの旦那が惚《ほ》れるわけだよねェ……」

「え……⁉」

　──と、クミエはその場に膝をついた。苦し気に汗をかいている。思わず駆け寄ろうとしたルーザを、僕は引き留めた。

「ここは任せよう」

「でも……！」

　ルーザと僕の視線の先で、ハリヤが戸惑いの顔を見せていた。

「ミロール様がどうしたって……え？　なんであなたが？」

　クミエは顔を上げ、ハリヤを見た。

「今の炎を身体で味わって、確信したの。あんたとあたしはどうやら、同じ世界から来たみたいね。この魔法には覚えがある」

「さっそく嘘《うそ》じゃ……あなたのところ、こういう魔法はないって……」

ルーザがぼそっと呟《つぶや》く声は、ハリヤとクミエには聞こえなかったようだ。クミエは目を伏せ、話を続けていた。

「……あなた、ミロール様のことを知ってるの⁉」

「ああ、知ってるともさ。あたしゃ元々、あの国の貴族の生まれだったんだ。落ちぶれて詐欺師に身をやつしたけどね、ミロールとは幼馴染《おさななじ》みだったの……あたしにとっちゃ、弟も同然だったのよ？」

「そうだったの……」

いつの間にか、ハリヤは話を聞く体勢になっていた。僕は黙って、行く末を見守ることにする。なるほど――最初にあの炎をかわさず、ダメージ覚悟で受けるところから全部計算ずくなわけだ。あれによって、ハリヤを完全に自分のペースに引き込んでいる。

クミエは立ち上がり、身体の煤《すす》を払った。そのタイミングまで、よく計算された演劇のように完璧だ。完璧に、ハリヤが望む物語を提示し続けている――

「ミロールにはね、親が決めた許嫁《いいなずけ》がいた。それはあんたも知ってるでしょ？」

「え、ええ……バシマール公爵家の令嬢だって……」

「ええ、そう。その令嬢との結婚を、あいつは決められていたの。けど……当の令嬢は男遊びとパーティにうつつを抜かすだけのアバズレ女でねェ。もはや恋も愛も、自分には無縁なモノだってあいつは言ってたよ」

「そう、あの人の瞳は乾いてたわ。とても寂しげで……」

「わかるよ……あんな目を見せられたらたまんないよね……」

「ああ……なんてこと……」

ハリヤが両手で顔を覆った。クミエはそこで息をつき、ハリヤを真っすぐに見る。

「あんた、あいつに会おうとして何度も押しかけたでしょ？」

「え……？　え、ええ……」

「衛兵に追い返されたり、牢獄《ろうごく》に入れられたりするあんたのことを、あいつはいつも気にかけてたんだよねェ」

ハリヤの話から、ありそうな話をでっち上げてさも知っていたかのように提示し、巧みに誘導していく――これを即興で全部やっているのだから驚きだ。

しかし、そこでハリヤは訝《いぶか》し気な顔をした。

「牢獄に入れられたことはなかったけど……殴られたりはした」

「ああ、それは衛兵がそう言って嘘の報告をしたんだ。ミロールがあんたのことを諦めるように、大げさに報告してたんだねェ」

　――言ったことが間違っていた時の軌道修正に、さりげなく相手の欲しい情報を交ぜていく。上手《うま》い。ハリヤはすっかりクミエの話を信じているようだ。

「……ミロールはあんたのその情熱にすっかり心を打ち抜かれていたの。自分もあんな風に情熱的に生きてみたいって、目を輝かせてた……」

「ああ……そうだったのね……！」

「……公爵令嬢との婚約破棄はそう簡単にはいかなかった。それでもミロールは努力した……すべて片をつけた上で、あんたを迎えに行くって、そう言ってたの」

「ああ……なんてこと……」

　いつの間にか、ハリヤの変身が解けていた。

「それじゃ、わたしは……もう少し待てばよかったの……？」

　人間の姿になり、膝をついて肩を落としたハリヤに、クミエは歩み寄り、肩に手を添える。

「……あんたは悪くない。町に火を放つほど思い詰めたあんたの気持ち、ミロールは嬉《うれ》しかったはずよ」

　クミエは首を左右に振り、言う。

「背負っていけばいいじゃないの。お互いの十字架を背負って生きていく。それが愛ってもんでしょう?」

ハリヤは涙を流し、クミエの胸に顔を埋《うず》めた。クミエは優しくその肩を抱き、また囁《ささや》きかける。

「生きて結ばれるよりも、死してなお十字架を背負う……これほど大きな愛を、あんたは残した。なんて罪作りな人でしょうね」

「うう……わたし、わたし……」

ハリヤの身体《からだ》が、光に包まれていった。いつの間にか、その顔はメイクもない地味な顔──蝋盤《タブ》に載っていたその顔に戻っている。そして、手足の先から光の粒子となり、宙空へと散っていく──

「最後に……ひとつだけ教えて? あなたも……ミロール様を愛していたの……?」

ハリヤの問いに、クミエはとても哀《かな》しげな、そしてどこまでも優しい微笑《ほほえ》みで応えた。

それを見たハリヤの身体が、強く輝き──光の粒子が天へと昇り、消え去っていった。

「……えっと……つまり、なんだったの?」

ルーザが呟いた。離れて見ていたカロンがこちらへとやってくる。手を口元にあて、くすくすと笑っていた。

「……ルーザさんの勝ち、ってことでいいんだよね、これ？」

僕が言うと、カロンは頷《うなず》く。

「認めざるを得ないでしょうね……闘争裁判《デュエルコート》のルールでは、負けない限り戦い続けなくてはいけないけれど……彼女の罪威《ヴァイス》が勝手に彼女を消滅させてしまったわ」

クミエが振り返り、こちらへと戻って来た。

「お見事」

僕が声をかけると、クミエは笑い——そして、その場にへたっと尻餅をついてしまった。

「クミエ⁉」

ルーザが慌てて駆け寄り、手をかざして治癒魔法を施す。火傷《やけど》で爛《ただ》れたクミエの肌が、修復していった。

「あー、しんどかったァ……あの炎、まともに受けたら想像以上だったよォ」

「そんなにまでして……どうして？」

「効果的な演出だったでしょう？」

クミエは片目をつぶってみせた。

「あの手の女に必要なのはね、真実を証明したり、説得をしたりすることじゃない。本人が望む新たな物語を示してやったら、案外ころっとそっちに転ぶもんなのよ」

「……本人が言ってた話とも、蝋盤《タブ》に書いてあった話とも……それに、僕が推理した話とも違ってたね」

「そういうこと。それが本当かどうかなんてこと、本人にしか意味のない話だからねェ」

僕はため息をついた。なるほど――探偵と詐欺師は、まったく逆のアプローチをするものらしい。

「……私が聞いているのはそんなことじゃありません」

治癒魔法を終えたルーザがクミエを睨《にら》んだ。

「アカミといい、あなたといい……どうしてこんな怪我《けが》を負ってまで、私の戦いに加勢したりしたのです？　あなたの目的はなんなのですか？」

「……どうして、って言われてもねェ」

クミエは耳を撫で、僕の方を見た。

「そちらの探偵の旦那が、あまりにも女心をわかってないもんだから、おせっかいしたくなったのよォ」

「……いや、まいったな」

僕は帽子を目深《まぶか》に下げた。

「こんな形で助けられるとは思わなかったよ」

「高くつくよ。せいぜい、この世界を面白くしてよねェ」

そう言って、クミエは立ち上がった。

「さて……これでランキングはどうなったかな？」

僕は賢明なる蝋盤《スマートタブ》を取り出し、見てみる。ランキングは更新され——クミエのスコアが1つ増え、ランキングがちょっと上がっていた。

「ルーザさんは依然として、ゼロのままか……」

「…………」

ルーザは眉間に皺《しわ》を寄せた。ということは、つまり今回のような試合がまた組まれるかもしれないということだ。

「……それよりも、今は他の相手を警戒した方がいいんじゃない？」

クミエがそう言ってちらりと脇を見る——と、炎の壁が消えた闘技場の中に、山賊王ターヴィッシュとその一味が降りて来ていた。

「やるじゃねえか、嬢ちゃんたち」

ターヴィッシュが髭《ひげ》を震わせながら、ドスの利いた声を出す。僕は思わず身構えるが、ターヴィッシュは片手を上げ、それを制する。

「まあ、待て。話がある」

「話だってェ？」

クミエが問い返すと、ターヴィッシュは身体を揺すって笑った。

「あんたら、面白ぇから俺のところに来い」

「なに……？」

不意の申し出に、僕らは顔を見合わせる。ターヴィッシュは続けた。

「この世界で勝ち残るためには力が必要だ。あんたらみてぇに腕のいい連中は、潰すよりも仲間にした方がいいってことよ」

「勝ち残る、だって？」

僕は前に出てターヴィッシュに尋ねる。

「あんたらが勝ち残って……その後はどうなる？　今度は仲間同士で戦うのか？」

「別にそこまで待つ必要はねぇよ。俺の寝首を掻《か》きたきゃいつでも来ればいい」

「…………！」

ターヴィッシュは口を開けて豪快に笑った。なるほど、良くも悪くも腕力がすべての喧《けん》嘩《か》屋だっていうわけだ。しかし――

「……悪いけど、あんたのところに行くつもりはないよ」

僕ははっきりと、そう告げた。この男の配下につくという選択肢は、僕のプランにはないことだ。純粋な腕力を競い合うこの男の配下たちの中では動きづらいだろうし、それこそ他の部下たちにいつ寝首を掻かれるかわからない。

しかし、僕の返答を聞いた瞬間、ターヴィッシュの目が据わる。

「小僧が。選択肢があるとでも思ってんのか？」

その瞬間、周囲の部下たちが一斉に戦闘態勢になる。そう、これだから嫌なんだ――上位者の言うことに絶対服従する以外の選択肢を認めない、悪《あ》しき体育会系のノリ。

「もちろん思ってるさ。僕はあんたの部下じゃないからね」

僕はそう言って軽く重心を下げ、戦闘態勢になる。

「いい度胸だが……それならこの場で潰すだけだ」

そう言ってターヴィッシュとその部下たちはこちらを取り囲もうと動き出す。そこへ、
僕は声をかけた。

「……いいの？　僕にそんな口を利いて……」

「なに？」

僕は握った手のひらをゆっくりと開き――ポケットから石を取り出す。

「なんだ……？」

もったいぶって取り出した石――そこにその場の全員が視線を集めた、そのタイミング

で——

「……光爆《レディエント》！」

——カッ！

解き放たれた魔法の力が、強烈な光となって放たれる！

「…………ッ⁉」

クミエの世界で使われていた魔導機——あらかじめ術式を刻んでおき、特定の呪文《キーワード》によって発動する仕掛けの魔法。クミエが仕掛けを施し、ルーザが魔力を込めたものだが——

「さすが聖女の魔力、強烈ゥ」

光から目を背け、クミエが呟《つぶや》いた。

「言ってないで早く！」

閃光《せんこう》によってひるんだターヴィッシュ一味に背を向け、僕らは闘技場の出口へと一気に走った。

＊＊＊

「……厄介なやつに目をつけられちゃったかなぁ」

闘技場を出た僕らは森に身を隠し、ターヴィッシュたちが追って来ないことを確認してからようやく、ひと息ついていた。

「善後策を練らないとだねェ」

クミエが言う――しかし、この女が言うとどうも楽しんでいるようにしか聞こえない。

「……勝ち残ったわね。見事だったわ」

近くで声がした。いつの間についてきたのか、そこにカロンが立っていた。僕はカロンの方に向き直る。

「元はと言えばあんたのせいなんだけどな」

「あら、仕方ないでしょう？　私にも仕事があるのよ」

カロンは涼し気に言ってのけ、クミエに向き直る。

「それにしても、あなたがあの局面を引き受けたのは意外だったわ、女詐欺師さん？」

「まァねー。あたしにも気まぐれってモノがあるから」

どうやら顔を合わせたことがあるらしい。僕の時と同じように、ここに来る前のチュートリアルをあちこちで担当しているのだろうか。けっこう忙しいんだな。

「ちょうどよかった。ひとつ、聞いておきたいんだけど……」

僕はクミエと話しているカロンに横から尋ねる。と、カロンはこちらの質問を聞かない内に、心配ない、という風に両手を広げた。

「大丈夫よ。あなたの捜す人はまだ脱落していないわ」

カロンは自分の蝋盤《タブ》――こちらは懐中時計のような形だ――を示し、言う。

「罪の総量のバランスはそのまま。問題は解決していないってことよ」

「そうか」

それはよかったのか、悪かったのか。

「もし、そういう事態になったらこちらからあなたに連絡するから、安心して」

「いたれり尽くせりだね」

カロンは微笑《ほほえ》み、言葉を継ぐ。

「別の場所で行われた特別試合《スペシャルマッチ》も決着がついたみたいよ。残る闘罪人《クリミナル》は59人……あなたたちの健闘を期待してるわ」

そう言ってカロンは踵《きびす》を返《かえ》した。

「負けないでね、探偵さん」

そう言い残し、カロンは立ち去っていく。その後ろ姿が風景の中にかき消えていった。

「……今の、どういうこと？　探偵の旦那」

「あー、うん」

鋭くツッコミを入れてくるクミエはさすがというべきか。僕はその場を曖昧に誤魔化そうと、ルーザに声をかける。

「それにしても、ルーザさんの戦いぶりは見事だったね。結果的に手を貸しちゃったけど、大健闘だった……」

そう言って振り返る――と、ちょうどその時、ルーザはその場にへたりこむようにしてくずおれた。

「ちょ、ちょっと⁉　大丈夫⁉」

「だ、大丈夫です……気が抜けたら、脚が」

僕はルーザに肩を貸し、助け起こす。

「ここじゃ危険だ。歩ける？」

「ええ、大丈夫です」

そう言ってルーザは顔を上げた。その目に溜《た》まっていた光るものを、慌ててルーザは拭う。

「……本当に、すいません。何から何までお2人に頼りっぱなしですね、私……」

「そんなこと、気にしなくていいよ」

僕は帽子の鍔《つば》を下げた。ルーザは首を振る。

「勝ち抜くって言ったのに……ひとりではなにもできていない自分が情けないです。私だけならとっくに……」

「他人の力を借りるってのも立派な実力だよ。借りたいと思って簡単に借りられるものじゃない」

僕が言うと、反対側からクミエが応じる。

「そうよォ、ルーザちゃん。あたしが協力したいっていうタイミングを自分のものにしたんだから、大したものよォ」

「……ありがとうございます」

ルーザは少し笑った。でも、その顔はあまり大丈夫そうではない。この人は自分が傷つかないことをよしとしない性格だ——だからこそ周りの人が自然と力を貸す。だけど最終的には周囲の力に頼り切れず、自爆するタイプだ。

(このままだとよくないな)

僕は考える。なんとか、この人の意識を他に向けさせたい。僕は数瞬、考えた末に口を開く。

「……クミエ、さっきの話だけど」

「ん？　さっきのってどの話？」

口ではそう言いつつも、クミエの目が油断なく光る。ルーザが不思議そうに顔を上げたところに、僕は語りかける。

「僕はカロンからある『依頼』を受けている。２人には話しておくよ。僕の……この世界での目的について」

ルーザの眉間に力が張《みなぎ》り、クミエがニヤリと笑った。

＊　＊　＊

「ほう、生き延びたか……」

沼地に囲まれた洞穴の中で、賢明なる蝋盤《スマートタブ》を操作している男がいた。灰色の外套《マント》に身を包んだその姿は、首なしの騎士のようにも見える——いや、よく見ればそれは、真っ黒な鉄仮面を被《かぶ》ったその頭部が闇に溶けているのだった。

蝋盤《タブ》に映っているのは、アカミたちがハリヤを撃破した時の映像だ。角度的に、観客席から撮られたものだろう。あの陣営に人員を送り込んだ甲斐《かい》があったというものだ。

「予想が外れたようでございますな？　騎士デウスよ」

洞穴の反対側に座る白髪の男が言った。騎士デウス、と呼ばれた鉄仮面の男は、そちらへと首を巡らせる。

「確かに……だが、どちらかというとこの方が嬉《うれ》しいネ」

誤算だったのはあの女――クミエとかいうチンケな詐欺師だ。あれがなければ結果に間違いはなかった。聖女と探偵だけなら絶対勝てない相手だったのに。

「ふふふ……では標的は決まりですかな」

白いひげを撫《な》でながら、白髪の老人が言った。その傍《かたわ》らで、幼い少女が退屈を持て余すように足をぶらぶらとさせていた。騎士デウスはその少女を一瞥《いちべつ》した後、老人に向かい答える。

「特別試合《スペシャルマッチ》が組まれた時は諦めかけたが、理想的だろうネ」

それというのも――デウスは蝋盤《タブ》に再び目を落とす。この男がここにいたからだ。デウスはこみ上げてくる喜びをかみしめていた。鉄仮面の中で表情がほころんでいることを自覚する。これで、この監獄界も楽しくなりそうだ。

「……わたくしからひとつ、報《しら》せがあります」

白髪の老人が切り出した。

「なんだね、ノストゥ？」

デウスが応じると、ノストゥはもったいぶって白髪を揺らし、口を開く。

「『勇者』が動き出したようです」

「……ほう」

交錯するデウスとノストゥの視線に、洞穴全体の温度が上がったかのようだった。ノストゥはゆるりと微笑み、言葉を継ぐ。

「どうしますかな、騎士デウスよ」

「フフフ……『敵』が増えるのはいいことであろうよ」

デウスが言うと、老人は頷《うなず》き、立ち上がる。

「では、わたくしは予定通りに。そちらは任せます」

「ああ、悪いようにはせんヨ」

ノストゥは一礼し、少女の肩を叩《たた》いた。少女は頷いて立ち上がり、老人の跡を追って洞穴を出て行く。ひとり、残されたデウスは蜘盤《タブ》に目を落とし、呟いた。

「……面白くなってきたな、アカミ君」

鉄仮面の奥から漏れた笑い声が、洞穴の中でわずかに反響した。

§4　名探偵と反逆の勇者

「……つまり、探偵の旦那はこの闘争裁判《デュエルコート》の中で、ただひとり罪を犯していない奴《やつ》を捜してるってこと？」

クミエが言い、僕は頷いた。僕らはとりあえず、元の神殿跡の遺跡へと戻ってきていた。火を囲み、川で獲《と》れた魚を木の枝に刺して炙《あぶ》りながら、僕はこの世界にきた経緯を２人に話したところだ。

「そいつはまた……針の穴を通すような話じゃない？」

「まあね」

僕は肩をすくめる。全員が全員を敵と認識し、お互いに戦い合う中でそのひとりを見つけ出す——それは確かに、難しい任務だ。

「あ、じゃあつまり、ルーザちゃんがそうだとか……⁉」

クミエが身を乗り出し、手にした魚の串でルーザを指す。

「うーん、最初は僕もその可能性を考えてたんだけどね」

僕はその串を取り上げ、魚を齧《かじ》った。クミエが「あっ」と声を上げる横で、ルーザは首を横に振る。

「私の犯した罪は事実……アカミの求める人物ではないと思います」

「そうなんだ……本人がそう言うならそうか」

クミエは火の横から魚の串を取り上げ、今度は自分で口にする。

「……けど、最初にルーザさんと出会えたのは幸運だった」

僕は魚を齧り、小骨を取り出しながら言った。当のルーザは串を手に取らず、じっと話を聞いている。

「この監獄界で、協力し合える仲間がいるといないとでは戦略が大きく変わってくる。その点、最初に『助手』を得た僕は運がいい」

ルーザは黙って頷いた。クミエはえー、と声を上げる。

「あたしはァ？」

「もちろん、クミエさんもだよ」

「ついでみたいに言わないでよ」

クミエはふん、と鼻を鳴らし、言った。

「それで、これからどうするのォ？」

「……まずは、こちらの勢力を大きくすること。無視できない勢力になれば、いきなりの戦いを避け対話に持ち込める可能性は増えるからね」

特に、あの山賊王ターヴィッシュなんかが大勢力を形成し、力任せに圧《お》し潰されるような状況は避けたい。ならば、こちらも仲間を集め、彼らと交渉ができるような力を身につける必要がある。

「つまり、仲間を集めるってことねェ」

「もちろん、それだけじゃない」

僕は帽子の鍔を下げ、言う。

「集まった仲間たちの頭領にルーザさんを据える。そしてルーザさんには今後も、1人も倒さないままでいてもらう」

「……えっ……!?」

ルーザが驚きの表情を浮かべ、クミエは感嘆の声を上げる。僕はそこへ言葉を継いだ。

「冤罪《えんざい》でここに送り込まれた人間は、積極的に戦いたくはないはずだ。だったら、そういう勢力があれば加わりにやって来る可能性は高い」

「し、しかし……」

ルーザが慌てた顔で割り込む。

「それはつまり、私のためにあなたたちを戦わせる、ということに……」

「そうだよ、旦那」

クミエがいつになく厳しい顔を見せる。

「あんたはそれでいいかもしれないけどさ、それが上手《うま》くいって、ルーザ嬢を頭領としてこの世界が統一されたら……その後はどうなるの？　今度は仲間同士で殺し合うの？」

「……ッ！」

ルーザが青ざめた。クミエは言葉を継ぐ。

「敵として殺し合い、最後のひとり《ラスト・クリミナル》になるまで戦うよりもっと残酷な運命だよ？　そんな運命を負わせるつもり？」

「ああ、そうだ」

僕は即答した。ルーザとクミエが目を丸くする。

「ルーザさんはなにがあろうと、この世界で勝ち残ると言った。でも、純粋な戦闘力に劣るルーザさんがひとりで最後のひとり《ラスト・クリミナル》になれる可能性は、ゼロだ」

「…………」

「探偵の罪は探偵として……聖女の罪は聖女として償う。仲間を……僕らを犠牲にして、勝ち抜く覚悟はありますか、ルーザさん？」

「それは……」

ルーザは唇を震わせる。揺らめく炎が、その頬を焼くように照らし、その顔色を隠す。火の粉が飛び散り、薪にした木の枝が爆《は》ぜる音が半壊した神殿の内部に響き渡った。

「だからちょっと待ってよ、探偵の旦那」

クミエがその静寂を破り、口を開く。

「わざわざ情報を隠すような話の持っていき方は、あたしら詐欺師の領分だ。あんた、まだ言ってないことがあるでしょ？」

「……と言うと？」

「あんた自身が、その冤罪ってやつを見つけて、目的を達した後よ」

クミエが僕を見た。いつになく厳しい目だ。ルーザもまた、固唾をのんでこちらを見ていた。僕は帽子を目深《まぶか》にかぶり、思わず口元に笑みを浮かべた。

「実はそこが本命でね」

「……なに？」

「カロンからの依頼……冤罪の闘罪人《クリミナル》を捜すという話。このことから導き出される結論がひとつ、ある」

「……それは？」

僕は帽子から手を下ろし、身を乗り出す。

「この監獄界は主宰者側も一枚岩じゃないってことさ」

「……へェ」

「そうでなければ、そもそも冤罪の人間が送り込まれることも、そして僕にわざわざ依頼することもないはずだ」

「なるほど……それで？」

僕は炎を見つめ、言葉を継ぐ。

「この監獄界を……闘争裁判《デュエルコート》を仕切っているのは全能の神でも閻魔大王《えんまだいおう》でもない。ミスもするし争いも起こす、僕らと同じ連中だ。だとしたら……破壊することも、裏をかくことも可能なんじゃないか？」

「…………!!」

そう──それはつまり、この闘争裁判《デュエルコート》に勝ち残るのではなく、別の可能性を探す道。ここから抜け出すのか、それとも闘争裁判《デュエルコート》そのものをなかったことにするのか──いずれにしろ、ただ殺し合いを続けるよりも光明がある。

クミエがため息をつき、首を振った。

「……でも、あたしら一度死んだ身だよォ？　その先になにがあるのか……場合によってはただ消えてなくなるだけかもしれないじゃない？」

「まあね。ただ」

僕はクミエに向かって言う。

「こんなよくわからないデス・ゲームの中で死ぬより、真実を知ってから死ぬ方がはるかにマシだ」

「……そこは同感」

クミエはニヤッと笑った。

「やっぱりタイミングってのは大事だね。あたしゃあんたに乗るよ、名探偵」

「いいのかい？　自分が勝ち抜く道だってあるんじゃないの？」

「あたしが自力で最後のひとり《ラスト・クリミナル》になれる可能性は低いからさ……それに詐欺師ってのはね、目的よりも手段の美しさを優先しちまうもんなんだ」

そこでクミエは、これまでになく鋭いまなざしを見せる。

「ルールの裏をかくなんて、最高じゃない？」

「ふふ……同感だ」

不敵に笑うクミエに頷き、僕はルーザに向き直った。

「どちらにしろルーザさんには覚悟を決めてもらわなきゃならない。みんな仲良くこの監獄界から抜け出せる、なんて可能性は低いわけだし……」

「わかっています、アカミ」

ルーザは首を振った。

「あなたが可能性にかけるというなら、私もその話に乗ります。そして……」

ルーザがクミエと僕とを、交互に見て言う。

「もし上手《うま》くいかなかったとしても、私はこの監獄界で最後まで戦いましょう……たとえ仲間を犠牲にしても」

「そうしてくれると助かるよ」

僕はそう言って、炎に木の枝をくべ、最後の魚の串をルーザに手渡した。ルーザはそれを受け取り、かぶりつく。

「……美味《おい》しいです」

そう言って笑うルーザ。僕もクミエも、笑った。

「……それで、どうするの当面は？」

クミエが一転、真剣な表情になって切り出した。ルーザもそれに次いで頷《うなず》く。

「そうですね。勢力を広げるって言っても、一体どうしたらいいか……闇雲に動き回るのも危険な気がします」

「……それについては、考えがある」

僕は帽子の鍔《つば》を下げ、言った。

「伺いましょォ？」

わくわくとした顔で身を乗り出すクミエ。ルーザもまた身を乗り出して聞く体勢になる。

僕は並ぶその顔を見て、口を開いた。

「……山賊王に会いに行く」

「……な……ッ⁉」

ルーザは目を丸くした。その横からクミエが手をばたばたとさせ、言う。

「なんでわざわざ⁉　せっかく戦わないで済んだのに⁉」

「そりゃ、戦いが終わったすぐ後でことを構えたくはないさ」

僕が言うと、ルーザが首をかしげる。

「しかしそれならば、あの場で向こうの申し出を受ければよかったのでは？」

「いや、それはできない」

僕は身を乗り出す。

「対等な立場で交渉しなければ意味がないんだ。山賊王の傘下《さんか》に入れば、こちらの自由が失われてしまう。あの場ではこっちの準備が整ってなかったけど、こっちから会いに行くならは話は違う」

「つまり、戦うつもりはないと？」

「今は、ね」

僕は食べ終わった串を焚火《たきび》に放り込み、言った。

「僕らに足りないのは、武力だ。人は安全なところに集まる。だから、『強い穏健派』になれれば人は集まって来る。そのために山賊王と協力関係を結ぶか、最低限休戦協定を結べれば効果は大きい」

「……そう上手くいくでしょうか？」

ルーザが首をかしげた。僕は肩をすくめる。

「やってみる価値はあると思う。最悪、その場で戦うことになりかねないけど……それでも、こっちがイニシアチブを取れれば有利になれるだろう？」

「いろんな場合を想定しておいた方がよさそう。綿密な打ち合わせが必要だなァ」

「ま、その辺はちゃんと対策していこう」

そして僕らはそこから、綿密な策を練り上げた。協調か、対立かだけでない。対話が成立したとしても、その中でどれだけのグラデーションがあるのか。あらゆる事態を想定し、その場合はどうするべきかを検討する。

「山賊王のアジトまでは案内できるよ」

クミエは胸を叩《たた》いた。

「よし、勝負は明日だ」

そう決めて、僕らは眠りについた。その勝負が、思いもかけない方向へと向かうことを、
この時は知りもせずに――

＊　＊　＊

「……フン、口ほどにもねぇやな」

ターヴィッシュはほんの数刻前までは仲間の1人だったそれを見下ろし、吐き捨てるように言った。赤黒い肉塊と化したそれはもはや、人の姿をしていたという面影すら残さず、完膚なきまでに破壊し尽くされている。

ターヴィッシュは身の丈ほどもある巨大な斧《おの》を片手で振った。その刃についた血が地面に飛び散る。

「片づけときな」

部下たちにそう言って、ターヴィッシュは踵《きびす》を返《かえ》した。まったく――と心の中で舌打ちをする。歯向かって来るのはいい。だが、俺様に挑もうってやつがこの歯応えのなさはど

うだ。せめてもう少し粘ってもらわなけりゃ、張り合いってもんがない。

この世界で殺したのは、これで6人。どいつもこいつも、紙の人形を捻《ひね》るみたいにしてあっという間に潰れてしまった。世紀の大悪人が集まるって聞いたから期待していたんだが——他の連中は、なにやら勝手に集まって来て部下になりたがった。まあ、部下がいれば便利なのでいさせてやったが——最後のひとり《ラスト・クリミナル》になるならどっちにしろ、いずれ殺すだけだ。

部下になった連中がどういうつもりかは知らん。いずれ俺の寝首を掻《か》くことを狙っているのかもしれない。中には、ただ強い者の下につくことでしか生きられないザコもいるだろうが——どうあろうと、俺のことを殺しに来るならそれもいい。せいぜい、粘ってほしいもんだ。

「……やることは同じだ。死ぬまで暴れるだけのこと」

元の世界にいる時からそうだったのだ。最後のひとり《ラスト・クリミナル》になれば無罪放免だというが——なんにせよやることは同じだ。俺様はただ、誰かに殺されるまで、殺し続けるだけだ。

それか——ターヴィッシュは昼間見た闘技場での戦いを思い起こしていた。蛇女と戦っていたあの連中。戦士だとは言い難《がた》いが、実にしぶとく、したたかな戦いをする連中だった。だから、仲間に誘った。ああいう連中がもっとも厄介で、頼りになり——そして、殺し甲斐《がい》があるからだ。

あいつらなら、他のグループとの戦いでも役に立つだろうし、歯向かって来た時にも楽しめる。今の部下どもより、よっぽどそばに置く価値があるってもんだ。

「……お頭」

部下の1人が声をかけてきた。ターヴィッシュに次いで多くの敵を殺している男だ。

「なんだ？」

「客が来てやすぜ」

「客、だと……？」

ターヴィッシュが振り返ると、そこにはゆるやかなローブを纏《まと》った老人が、小さな少女を連れ立っていた。

「お初にお目にかかります、ですかな？　山賊王よ」

「お前は、確か……」

蜘盤《タブ》の中で見たことがある。怪僧ノストゥと、魔少女アリス。どちらも、暴力でなく言葉巧みに人心を操り、意のままに動かすタイプの連中だ。

「なんの用だ？　その首を差し出しにでも来たか？」

「いえ、いえ……」

怪僧ノストゥはうやうやしくお辞儀をしつつ、上目遣いにターヴィッシュを見る。

「なに、ご機嫌伺いといったところです」

「ほう……」

ターヴィッシュは身の丈ほどもある巨大な斧を、地面にどん！　と突き立てる。

「今この場で死んでくれれば、一番ご機嫌なんだがな」

こういうやつらが一番面倒なのだ——先ほどの探偵たちとは違った意味で。正面から力を行使するのでなく、あらゆる手管を駆使して目的を遂げようとしてくる連中。なんとなれば、目的を遂げることそのものよりも暗躍することの方に価値を感じているような連中だ。すなわち、闘争における雑音《ノイズ》——他の戦いにも、いい影響を及ぼさないだろう。

「……くすくす……」

と、ノストゥの傍《かたわ》らの少女が口に手を当て、笑う。

「……おじちゃんが私たちを殺すの？　おもしろーい！」

その表情に、ターヴィッシュは驚いた。それは無邪気な少女のものであり、妖艶《ようえん》な娼《しょう》婦《ふ》のものでもあり、子を窘《たしな》める母親のようでもある。男のあらゆる願望を、笑顔ひとつで満たすかのような顔——10歳ちょっとの少女のものとは思えないような——いや、この年頃の少女だからこそ出せるものだろうか。

（危険だ）

ターヴィッシュは直観し、斧の柄を握りしめる。しかし、そこへノストゥが進み出、さりげなく身体《からだ》を割り込ませる。

「この子は口の利き方を知らぬ故、ご容赦願いたい」

「………」

ターヴィッシュは内心、唸《うな》っていた。今見せたノストゥの身のこなし――わずか半歩動くだけで、こちらの動きを見事に牽制《けんせい》してみせた。やはり、この男も並ではない。ターヴィッシュは目を上げ、部下たちを見た。既に、部下たちはノストゥとアリスを半包囲の状態にしている。ターヴィッシュが動けば、一気に――

「……山賊王よ、あなたはなんのために戦うのです？」

不意に、ノストゥが口を開いた。

「なんのために……？」

「ええ、なんのために、です。よもや、あなた様ほどの武人が何の目的もなく、ただ暴れまわっているということもないでしょう？」

「………」

ノストゥがターヴィッシュを挑発しているのは明らかだった。どうせ、正面からやってもターヴィッシュに敵《かな》うわけがないのだ。それを知った上で、こいつはこいつの思惑にこちらを乗せようというのだろう。しかし――

「……生憎《あいにく》だな。俺は死ぬまで暴れてぇのさ。なぜならそれが俺の生き方だからな」

わざわざそれに乗ってやる手はない。ターヴィッシュは斧を持ち上げた。自分のことを舐《な》めた以上、殺す――

「……あなたならこの監獄界を統《す》べることもできると期待していたのですが」

と、ノストゥが首を振り、言った。

「……俺を乗せてなにをさせようってんだ？」

ターヴィッシュが問い返すと、ノストゥは顔を上げる。

「なにも。ただ、この闘争裁判《デュエルコート》には『裏』があるということをお伝えしようと思い」

「裏だと……？」

ターヴィッシュは鼻を鳴らした。

「人を騙《だま》して担《かつ》ぐのが商売ってやつの、そんな戯言を信じるとでも思うかい？」

「ククク……人を騙そうとするならこんな嘘《うそ》はつきませぬ」

ノストゥが肩を震わせて笑うと、その傍らでアリスもまたくすくすと笑った。

「おじちゃん、怖がってるんだ？　強そうなのに、変なの」

「そいつぁ違うな。俺は怖がりだから強ぇのさ」

こんな子供の挑発に耳を貸すほど馬鹿ではない——が、しかし——

ターヴィッシュはノストゥに向き直る。

「言ってみろ。その『裏』とやら。殺すのは聞いてからにしてやる」

「それは恐悦」

ノストゥは動じた様子もなく、一礼してから言葉を継ぐ。

「しかし、『裏』といっても簡単なことです……この戦い、かかっているものは無罪放免などではないということ」

「ほう……ではなんだというのだ？」

ノストゥは皺《しわ》だらけの顔に不敵な笑みを浮かべる。

「力、ですよ……その者の罪を消し去り、元の世界に戻ることを可能にするような、大いなる力です」

「……なんだと？」

——その時だった。轟音《ごうおん》と共に、強烈な光が空間を切り裂いた余波が、ターヴィッシュとノストゥの下にまで響き渡った。

「何事だ！」

「おい、なにしてる！」

部下たちが口々に言う声が聞こえ、ターヴィッシュは斧を手に振り返った――と、同時にまた轟音と閃光《せんこう》が弾《はじ》け――そして、部下が消し炭になる様が目に入った。

「……なんだ、と……？」

斧を身構えたターヴィッシュの前に、騎士服を身に纏った青い髪の男が立つ。片手に装飾の入った剣を提げていた。端整なその立ち姿に、崩れ去る部下の姿、そしてあたりに漂う魔力の余波――

「……思ったより早かったですね。これはまずい」

ターヴィッシュと向き合っていたノストゥはアリスの手を引いて踵を返した。ターヴィッシュはそれを一瞥《いちべつ》した後すぐに地を蹴り、動く。

――ズドォオォン!!

瞬間、ターヴィッシュの振り下ろした巨大な斧《おの》が、男の頭上に落ちた。空がそのまま落下したかのような衝撃に、半径10mに渡り大地が砕け窪地《クレーター》が穿《うが》たれる。

先手必勝――それがターヴィッシュを山賊王にまで押し上げた唯一の戦術だった。少しでも危険を感じれば、先手を取って全力を叩《たた》きこむ——戦いになってからでは遅い。その前に終わらせる——先ほどアリスに答えたとおり、その臆病さこそが最大の武器なのだ。

相手がどんな力を持とうが、戦意があろうがなかろうが、関係ない。先に全力の一撃を入れ、殺す。この一撃で、撃ち抜けない相手はいない——

「………⁉」

——そのはずだった。今の今まで、その戦い方はターヴィッシュを無敵の存在にしていたのだ。しかし——今、それが破られた。

「片手……だと……」

騎士服を身に纏ったその青年は、片手に提げたその剣を頭上に掲げ、それでターヴィッシュの一撃を受け止めていた。そして——もう片方の手には、魔力が収束し、輝きを増幅していた。

「………まいったな」

ターヴィッシュは、打ち下ろした斧の下で溢《あふ》れ出《だ》す魔力の奔流を目にしながら、呟《つぶや》いた。

青年の口から、呪文が繰り出される。

「…… 極 光 崩 破 爆《フラッシュ・ディスインテグレイト》！」

巨大な魔力の一撃が、ターヴィッシュの身体を貫いた。

＊＊＊

「……こ、これは……‼」

僕らは目の前に広がる光景を目にして、驚きの声を上げていた。クミエに案内されやってきた山賊王ターヴィッシュの本拠地──高台の城跡は、焼け焦げた地面に遺体が散らばる地獄絵図と化していたのだ。

「ターヴィッシュ⁉」

城跡の前に広がる草原の中、岩に背をもたせかけた姿勢で、巨大なダルマのようなその肉体が晒《さら》されていた。全身が黒く焼け焦げ、さらに心臓のあたりを貫かれて、あたりは血の海と化している。この強靱《きょうじん》な肉体を、こんな完膚なきまでに屠《ほふ》ってみせた──その張本人は、ターヴィッシュが背にした岩の上に座っていた。

「……お前が探偵か」

顔を上げ、言葉を紡《つむ》いだその男は、驚くほど端整な顔だちの青年──当然、僕はその男の名を知っている。脳裏から、蝋盤《タブ》に記されていたプロフィールが戦慄と共に思い起こされた。

「はじめまして、と言うべきかな……勇者ライ」

闘罪人《クリミナル》ID：99『反逆の勇者』ライ・アヴーリィ
泡沫《ほうまつ》の上帝界テルル・ラティスに侵攻した魔王軍に対し、仲間と共に立ち向かった勇者であり、長い旅の末にあらゆる魔法と剣技を極め魔王を討伐した。しかしその後、倒した魔王の闇の力を奪い、自らが「魔王」となって故郷の王国に侵攻、騎士団を壊滅させ、王の首を獲《と》った後、名もなき貧民に短剣《ダガー》で刺され倒れた。

闘罪人《クリミナル》の情報に目を通す中で、この人物とは会って話さねばならないと思っていた相手であり――そして、絶対に敵に回したくないと思っていた相手が、今、目の前にいた。

「山賊王と戦いに来たのか？」

勇者ライが僕に向かい、問う。僕はその下にあるターヴィッシュの遺体をちらりと見、そして言う。

「そうなった可能性はあるけど、その予定じゃなかった」

「そうか」

そう言ってライは岩から飛び降りた。

「ちょうどよかった。お前には用があったんだ」

「用？　僕に？」

勇者ライは懐《ふところ》からなにやら紙を取り出し——僕に歩み寄ってそれを押し付けた。

「お前が山賊王に殺される前でよかった」

僕はライから受け取った紙を広げ、目を落とす——

アカミ・シン殿
我、貴殿と雌雄を決さんと欲《ほっ》す者。九命の磯島《いそじま》にて待つ。
ライ・アヴーリィ

「これは……」

横から覗《のぞ》き込んだルーザもまた、瞠目《どうもく》する。それは、明らかに果たし状——

「では、預けたぞ」

そう言ってライはそのまま立ち去ろうとした。僕は慌てて、声をかける。

「ま、待って！　一体どういうこと、これ？」

「……どういうこと、とは異なことを言う。見ての通りだろう？」

「い、いやまぁそうかもしれないけど」

僕はライに向き直り、帽子を被《かぶ》り直して言う。

「まず、なぜ僕なんだ？」

「ランキング上位の者を狙うことにした。それだけだ」

「……今まで動いていなかったあなたが、今動き出した理由は？」

「いきなりわけのわからない戦いに巻き込まれたんだ。しばらく様子を見たいと思うのは当然だろう？」

「この場でなく、わざわざ決闘の場を指定する理由は？　ターヴィッシュの一味はこの場で壊滅させたんでしょ？」

「ふむ」

ライは居住まいを正し、言う。

「お前は優れた頭脳で知略を弄するタイプだ。恐らく、乱戦になるほどに強い。しかし、正面切っての戦いなら俺が有利だ」

——いちいち、きっちりと質問に答える。その表情は大真面目そのもの。しかも筋が通っている。

「まあ、この場で戦ってもいいが？」

「……いや、やめておくよ」

「そうか」

勇者ライは再び踵《きびす》を返《かえ》した。

「では、待っているぞ。時刻は夕暮れだ」

そう言ってライは悠々と立ち去って行った。

「……なんというか、堂々とした方ですね」

その背を見送ったルーザが言う。

「それに、バカ正直っていうか……果し合いをする理由を、自分が有利だから、とか普通言うかなァ？」

「……でも、それに見合う実力の持ち主なのは間違いない」

なにしろ、ランキング上位者が名を連ねるこの山賊王の一味を、単独で壊滅させたのだから――

「何人か会った連中から、話は聞いてたんだ……とんでもない力を持った奴《やつ》がいるって。戦うつもりはなさそうって話だったんだけどなァ」

そう言ってクミエが首を振った。

クミエの話によれば、一味の男が勇者ライと遭遇、戦闘になりかけたが、ライが圧倒的な力を示した上で止《とど》めを刺さず、立ち去ったのだという。自ら他の闘罪人《クリミナル》と戦おうとはしないものの、誰かが勝ち進んでいけば必ず、最大の障害になるはずだ――その男はそう語っていたらしい。

僕は帽子を目深《まぶか》にかぶり、ため息をつく。

「魔王を倒したって……どれくらい強いんだろうね？」

「さあ、あたしらの世界にそんなのいなかったから……一国の軍隊を壊滅させてるみたいだけど」

「うーん、そうか……」

それに、プロフィールには「魔法と剣技を極め」とある。どうやら魔法を放つタイプでもあるらしい。正面からやり合うのはたぶん、危険だ――

「……アカミ、この勝負は受けるべきではありません」

不意に、ルーザが顔を上げて言った。僕とクミエは思わず、えっと驚きの声を漏らす。

「ルーザさん、それはどういう……？」

「だって、この方は……あなたが捜している冤罪《えんざい》の人物なのではありませんか？」

「…………！」

――なるほど。それはありそうな話ではあった。魔王と戦い、世界を救った後、反逆した人物――それが冤罪であるというのはあり得そうな話に思える。しかし――

「……戦いを避け、なんとかして話し合いに持ち込むことができないでしょうか？」

「うーん、向こうに応じるメリットがないんだよな……問答無用で襲い掛かって来られたらどうしようもない。なにしろ、闘争裁判《デュエルコート》に乗るつもりになったわけだし」

「ですが、なにか事情があるのかもしれませんし……」

「…………」

頭の中で、様々な可能性が駆け巡る。その勇者が冤罪だとして、それでもなお戦うことを決意したのだとしたら？　または、すでに誰かと手を組んでいる可能性は？　そもそも、この勇者のプロフィール自体がでたらめということはないか？

僕は蝋盤《タブ》の画面に目を落とした。今、この男との戦いを受けるべきか――どうせ戦うなら、他の闘罪人《クリミナル》と戦い、消耗するのを待つべきでは？　いや、この男が本当に冤罪だったとしたら、万が一他の相手に倒されては困る。しかし、それはどんな相手だろうと同じ――ならばいつ会うべきだ？　どんなタイミングなら――

僕はふと、顔を上げクミエを見た。

「タイミング、か……」

ふっと笑う。決断ができないのは、情報が少なすぎるからだ。ならば、まずは動いてみる方がいいかもしれない。クミエはニカッと笑う。

「ま、普通に考えれば、戦いを受けるのはバカのやることだけどねェ」

「そりゃそうだ」

僕は帽子の鍔《つば》を下げた。探偵にとって、一番大事なことはなにか？　それは――機会を逃さないことだ。

「この勝負、受けよう」

「本気ですか、アカミ⁉」

不安げに身を乗り出すルーザに、クミエが同調する。

「あいつの言う通り、乱戦ならともかく……五分の決闘で勝てる相手じゃないよ？」

「だからこそ、だよ。正面から当たればこそ、かける裏もあるってことさ。それに、少なくとも……」

僕は身震いがするような思いを感じながら、言葉を継ぐ。

「……この勝負を受けなかったら、今後彼と対等な交渉をする余地はないと思う」

探偵の仕事には、そういうことがままある。危険は危険だが――

「大丈夫。僕は探偵だからね。そういう風に戦うさ」

ルーザとクミエに向かい、僕は帽子の鍔を上げ、ニヤッと笑ってみせた。

＊　＊　＊

九命の磯島――蝋盤《タブ》の中の地図に、その呼称は記載されていた。監獄界を構成する大きな島の、岩がちな海岸の先、浅瀬に浮いた飛び石状の足場づたいに辿《たど》り着《つ》く、円形の小さな島だ。その周囲は尖《とが》った岩で囲まれており、しかも浅瀬が急に深くなったりなどして海流も不規則で激しい。

「さしずめ、九つの命が必要になるほど危険な島、ってとこか……？」

それもまた、気に入らない。そういう呼び名なのはいいとしても――いったい、誰が、そう呼んだのか。

あの遺跡や闘技場と同じく、この島もどうやら、この世界に――この世界に元々あった文明の中に、存在していたものなのではないか。だとしたら、そこにいた人々はどうなってしまったのか――

「……今考えることじゃないか」

いずれ、そのことが大きなヒントになるようには思うのだ。しかし今はまず、目の前の戦いに生き残ることだ――僕は先行するクミエとルーザの後を追い、島に足を踏み入れた。

「……旦那、あれ」

クミエが促すその先――円形の窪地《クレーター》になった磯島の中央に、男が立っていた。引き締まった身体《からだ》に、ぴったりと合った軍服のような装束、流れるような青い髪――

「来たな、アカミ」

ライがその蒼《あお》い目をこちらに向けた。その顔は美しく――そして、あどけない少年のように、僕には見えた。

「果し合いを受けてもらい、感謝する」

勇者ライが口を開いた。よく通る、軽快な声だったが、その内に有無を言わさぬ芯の太さを感じさせる。

「こっちこそ、お招きいただいてすまないね」

僕は帽子に手をやりつつ、ライに応じる。ライは頷《うなず》く。

「来ないかもしれないとは思っていた」

「……その時はどうするつもりだったんだい？」

「追う。そして、倒す」

即答だった。背筋に冷たいものが走るのを、僕は感じる。この人は――たぶん、本気だ。

顔を上げ、僕はその姿をつぶさに観察した。僕は相手のつま先から、頭の先までを眺める。静かな湖水のごとく、張り詰めた殺気が薄く、冷たくその全身を覆っているような気がした。いわゆる、達人の放つ雰囲気だ。

「あなたは元の世界で魔王を倒した後、その力を取り込んで自ら魔王となり、反逆して国王を殺し、この世界に来た……その来歴に間違いはない？」

「……それは今から戦うのに必要な話なのか？」

「いや、個人的な興味でね」

僕は帽子の鍔を下げて言った。この闘争裁判《デュエルコート》の中で冤罪の者を捜していることを、先に言うべきかどうか――

「人々のために戦い、魔王を倒した英雄のあなたがなぜ反逆したのか……あるいは、反逆それ自体が間違いである可能性はないのか、と思ってね」

「……残念だったな。俺が反逆したのは事実だ」

ライは手を開き、上に向けた。魔力の黒い炎がそこに発現する。

「魔王を倒した時、その力が俺の中に流れ込んできた……それで、俺は悟ったのだ。俺は力を得たのだと……！」

「力……？」

「そうだ、力だ！　力こそが世界を前に進めることができる！　魔王も強かったが、俺に負けた！　ならば、次は俺が世界を前に進めなくてはならない！」

ライは黒い炎を握り潰すように、握り拳を作り、言った。

「あの国王は俺に、辺境の城をくれてやると言った……世界を救った英雄の俺にだ！　誰よりも強いこの俺に、辺境の領主で満足しろというのか！　世界の命運を一介の冒険者に丸投げし、贅沢三昧《ぜいたくざんまい》の暮らしを続けていた国王に、肥え太った貴族どもに、もはや世界を預けてはおけぬ！　だから俺は起《た》った！　世界を変えるために！」

そう言って、ライは高らかに笑った。僕はライに問いを発する。

「……それで、道半ばで倒れ、ここに来た。だから元の世界に戻り、戦いを続けるっていうわけだね」

ライは僕の目を見返した。

「……ああ、そうだ。そうすることにしよう」

「なるほどね」

僕はふっと息をついた。ライは僕の顔を見つめ、言葉を継ぐ。

「お前も元の世界に戻るため、この俺と戦うというわけか？」

逆に問われて、僕は数瞬考え——そして口を開く。

「……僕は違う。この世界で別の目的がある」

「……ほう？」

ライは鋭い目をこちらに向ける。

「そういうことならば、お前がお前の目的を果たすまで、待ってやってもいい。その後で俺に殺されろ。抵抗しなければ、苦しまないよう一瞬でケリをつけてやる」

そう言ってライは両の腕をだらりと下げた。対峙《たいじ》していた僕にはわかった——これは、この人が戦闘態勢に入ったという証《あかし》——！

「アカミ……やはり、ここは退いては？」

ルーザが後ろからそう声をかける。

「あなたの目的に、この人は関係ないようですし……」

「でも、ルーザさんの目的を果たすならいずれ、戦うことにはなるでしょ？」

「それは……」

僕は振り向き、ルーザに向けて笑った。

「心配ないよ。確かめたいこともある」

いずれ戦うのなら、なおのことだ。ここで手の内を確かめた上で、逃げるという手もある。それになにより——まだ僕は、納得していない。

「もしや、その女が勝ち抜く手助けをしようというのか？」

僕らのやり取りを見たライが言った。

「やめておけ、きっと後悔する……他人のために戦うなど、虚《むな》しいだけだ」

その時、ライは少し悲し気な顔をしていたように、僕には思えた。

「ご忠告どうも。でも、こっちにはこっちの事情があるんだ」

「そうか」

ライは少し目を閉じ、そして見開いた。

「では、そろそろ始めるとするか」

「……もうひとつだけ、聞かせて」

身構えるライに手のひらを向けて制止のジェスチャーをしながら、僕は言った。

「元の世界に戻ったら、会いたい人とか、いる？」

「……なに……？」

虚を衝《つ》かれて眉間に皺《しわ》を寄せるライ。

「きっと誰かいるでしょ？　例えば……あなたを殺した名もなき貧民、とか」

「…………」

「油断した英雄が名もなき貧民に、弱点を突かれ殺される。そんな話は古今東西、いくらでもあるけど……もし生き返ることができたら、そんな相手は八つ裂きにしてやりたいんじゃないの？　あと、魔王を倒した仲間たちは……あなた自身が殺したんだっけ？」

ライはしばらく黙ってこちらを見つめていたが、不意に目線を外した。

「……これ以上、話すことはない」

ライの手のひらの上に、魔力の輝きが収束していく。

「構えるがいい、アカミ。戦いを始めようではないか」

「ふふ、律儀《りちぎ》な人なんだな」

僕はそう応じ、距離を取って身構える。ライは両手に溜《た》めた魔力を天にかざすように構えた。

「お前に恨みはない。だが……戦場の習いだ。全力を尽くし、葬《ほうむ》り去ってくれよう！」

ライの手元で収束した魔力が、光の渦と化してスパークする。

「天にあまねく光たちよ、始まりの力を以《もっ》て我が敵を討て！」

放出される魔力の余波が渦となり、島全体を取り囲む。これは――想像以上だ。逃げる場所さえありはしない。こちらを一瞬で消し炭にする勢いだ――

「くらえ！　極光崩破爆‼」

ライの身体から、魔力の閃光《せんこう》が弾《はじ》ける！

――ズガシャアァァァァ‼

轟音《ごうおん》と炸裂音《さくれつおん》と何かを引き千切るような音、それらすべてがミックスされたような音が、島の空気を切り裂いた。それと同時に、光が明るさを超えて高熱に至り、空気に火をつける。膨張した空気の衝撃破が駆け抜けて岩を砕き、巨大な破壊の嵐が空間ごと、僕らを削り取ろうと襲い掛かる――

「ぐおおおおっ⁉」

放たれたあまりにも強大な魔力の奔流に、僕は吹き飛ばされそうになるが、足を踏ん張り、ライから目を逸《そ》らさぬよう耐える――

「アカミ！」

「旦那！」

ルーザとクミエが、僕を呼ぶ声が聞こえた。高熱の光は、まるで空が落ちるかのように島全体を押し包み――僕の頭上から、僕という存在を焼き尽くす――

「……なに？」

ライが驚愕《きょうがく》の声を上げた。なぜなら――破壊の光の直撃を喰《く》らったはずの僕が、その中を駆け抜け、ライに肉薄したからだ！

「もらったっ！」

――ドゴッ！

僕の繰り出した拳が、ライの鳩尾《みぞおち》あたりを一撃する！

「ぐっ、がぁッ！」

ライは拳を受けつつも、身体を捻《ひね》り、蹴りで反撃する！

「……ぐぼっ⁉」

ライの蹴りを腹に受け、僕は弾みで地に転がり、間合いを引き離された格好になる。

「くそっ、ダメか……」

僕は立ち上がり、次の攻撃に備え身構えた。ライはしかし、こちらではなく別の方角を見つめていた。

「……結界か」

ライが呟《つぶや》いた。その見つめる先には、ルーザが両手を組み、魔力を身体から発している姿があった。

「ご名答。ルーザさんの結界でこの場所を覆った。この中で攻撃魔法は効果がないよ」

僕は帽子の鍔《つば》を下げ、言う。

「あの後ね……検証してきたんだ。『山賊王』のやられた場所をね」

「なに……？」

「飛び散った死体や血の下の地面が、高熱で焼き尽くされていた。つまりあんたは、初手で強力な攻撃魔法を撃って来る可能性が高い」

「……それで、事前に対策を用意してきたというわけか」

「ああ」

僕は帽子の鍔からライを覗《のぞ》き、言う。

「闘争裁判《デュエルコート》での戦いにルールはない。助太刀も禁止されてるわけじゃない。よもや、卑《ひ》怯《きょう》だとは言うまいね？」

「……ああ、別に構わない」

ライは両腕に収束させていた魔力を解き、光が消えた。そして、上空に向かって手を伸ばす——と、光の輪が宙空に生まれ、広がり——その中からなにかが、現れた。

「その程度で俺に勝てると思うのなら、いくらでも使うがいい」

光の輪の中から現れたもの——それは、鍔もとに装飾の施されたひと振りの剣だった。

＊　＊　＊

「ルーザちゃん、旦那はいったい、なにをしてるの？」

円形になった窪地《クレーター》を取り囲む岩場で、クミエがルーザに声をかける。ルーザは結界魔法を島全体に展開しながら、クミエに困惑した顔を向けた。

「わからない……なぜあんなことを？」

あの一瞬――あの一瞬にしか勝機はなかったはずなのだ。そのために、ルーザはこうして結界を張っていたはずなのに――なぜアカミは、素手で殴るなんて真似をしたのか？

「とにかく、結界は張り続けないと……！」

ルーザは魔力を緩めず、結界を張り続ける。だが、ルーザの甚大《じんだい》な魔力をもってしても、いずれ限界が来る。残り時間は、どれくらいか――あと、10分か15分程度だろうか。

「はやく、アカミ……！」

ルーザが見つめる視線の先で、ライが剣を手にしていた。

＊　＊　＊

勇者ライの手にした剣は、全長120㎝ほどのシンプルな片手剣――鍔もとに装飾が施され、宝玉がはめられている。よく見ると、その宝玉がほのかに輝いており、刀身はうっすらと魔力の光を纏《まと》っているようでもあった。

「『まばゆき魔剣』ドゥーレンド。魔王の首を獲《と》ったのは、魔法ではなくこちらの方だ」

そう言って、ライは剣を頭上に掲げ――そしてひと振り。

──バツン！

と、片手で軽く振った剣先が地面に向いた途端、そこにあった人間の頭ほどの石が砕け、その下の地面にまで深々と亀裂が奔《はし》った。

「……君が手段を選ばないように、俺にも君が丸腰であることを考慮する気はない」

「なるほどね、こいつは大人げない」

もちろん、魔法攻撃を封じたくらいで勝てる相手とも思ってはいなかったが──それにしても、本当にこの勇者さんは容赦というものがない。これだから冗談の通じないタイプは困る。

「……行くぞ！」

わざわざ宣言してから斬りかかるあたりもクソ真面目な性格が窺《うかが》える。ライは剣を振りかぶり、横一文字にそれを薙《な》ぎ払《はら》う！

「……ぬおっ⁉」

僕は地面に転がるようにしてその剣先の届く範囲から逃げる。帽子を斬撃が掠《かす》めた感覚があった。手を触れると、鍔が切られている──剣の届く範囲からは逃げたはずなのに、その剣先から生じる見えない衝撃に触れただけで、致命傷になりかねない！

「はァァァっ！」

２撃、３撃とライは剣を振るう。僕は命からがら、その斬撃から逃げまわった。


――ザシュッ！


肩のすぐ先で、ぼこぼことした岩が両断されるのが見えた。冗談じゃない、こんなのと正面からやりあえるわけがない。

「もらったぁっ！」

バランスを崩した僕に向かって、ライは剣を大上段に振り上げた。まっすぐ、頭上に降りてくる一撃――だが、これを待っていた！

「クミエ！」

僕は叫ぶ。そして一瞬、脚の力を抜く――「脱力」によって僕の身体《からだ》を横に転がし、振り下ろされる雷電のような一撃を、避ける――48の探偵技・その13、「ノーモーションだるま転び」。脱力によって力の「タメ」を作らず瞬時に身体を捌《さば》くという古流武術の動きを使い、全力で逃げる技だ！

――ズガッシャァア！

振り下ろされた剣が大地を深くえぐった。一瞬前まで立っていたその場所に、冗談かと思うようなエグい亀裂ができあがる。

「小賢《こざか》しいッ！」

ライが振り下ろした剣を跳ね上げるようにして、横薙ぎの一撃を繰り出した。起き上がりざま、その斬撃が僕の首元へと、一直線に奔って来る――！

――ガキィイン‼

激しい金属音が島全体に鳴り響いた。

「……ッ⁉　それは……ッ⁉」

剣を止められたライが瞠目《どうもく》したのは、僕が手に持っているもの――クミエが投げたものを受け取り、引き抜いてライの斬撃を防いだ、この刀を目にしたからだ。

「前にサムライっていうのと戦ったことがあってね……そいつの持ち物だったものだ」

そう、それは辻斬《つじ》り・ヤジロウが持っていた刀——僕にそれを投げ渡したクミエが親指を上げるのが見えた。

「勇者と戦うんだ。これくらいの用意はしなくちゃね」

僕はライの剣を受け止め、競《せ》り合《あ》いながら言った。何人もの犠牲者を斬ってきた業物だ。これならなんとか、ライの魔剣にも対抗することができる。使えるものはなんでも使う——それが探偵の心得ってものだ。

「……ふん」

——ドムッ！

鍔ぜり合いの状態から、放ったライの蹴りが僕を吹き飛ばした。

「ぐぼっ……ッ⁉」

口から妙な声が漏れつつ、僕は吹き飛んで地面に転がる——が、なんとかすぐに立ち上がり、刀を構えた。

「曲剣か……なかなかの業物ではあるようだが、君にそれが扱えるのか？」

剣を構え直しつつ、ライが言う。

「さてどうだろう……見様見真似ならなんとか、ってとこかな」

そう言って僕は刀を前に出し、半身になって構えた。

「アカミ！　危険です！　正面から剣で斬り合うなど……」

ルーザの叫ぶ声が聞こえる。もちろん、そんなことはわかっている。だけど——実はさっき、思いついたんだ。ぶっつけ本番で上手《うま》くいくかは、わからないけど——

「ゆくぞぉっ！」

ライが斬りかかって来た。僕はその間合いを外しながら、刀でそれを受ける。


——ぴしっ！


「うぐ……ッ⁉」

ライの剣から発する斬撃の余波が、僕の頬に傷を作った。刀を持ったくらいで、相手と正面から斬り合えるようになるはずもない、か——！

ライは容赦ない斬撃を2撃、3撃と浴びせてくる。僕はそれを刀で受けつつ、その反動を使い、刀を斬り返す。

「ぬんっ！」

ライはその一撃を軽々と受け、剣の柄側で僕を突き飛ばした。

「うわわっ⁉」

「もらったっ！」

バランスを崩し、踏鞴《たたら》を踏む僕に、ライが突きを繰り出してくる！

「……んぎぃっ！」

再び、ノーモーションだるま転び——脚の脱力を使って地面に転がり、なんとかその攻撃を避ける。とにかく、なりふり構わず動き続けることだ。そうでもしなけりゃ、すぐに致命傷を受けてしまうだろう——

「……どうした。まるで腰が入っていないぞ？」

ライが剣を構えたまま言った。

「その剣で相手を斬るならば、腰を据えて剣の重さを使い、まっすぐ振り下ろす必要があるだろう。威力は高いが、素人《しろうと》に使いこなせる剣ではない」

「……ご忠告、どうも」

僕はライの忠告を無視し、片手で刀を構えて半身になる。まるでフェンシングのようなこの構え方が、日本刀を扱う構えでないというのはもちろん、よくわかっている。

「……愚かな……ッ！」

ライは再び、剣を振るい襲い掛かる！　僕はヤジロウの刀を使い、間合いを外し斬撃を受けつつ、剣先を振るって細かく反撃をしていく。こちらも無傷とは言わないが——僕の斬撃はライの身体をかすめ、多少なりともその血を流させていた。

「くっ……！」

何度目かの傷を負ったライは、身体ごと間合いを詰め、剣を振り下ろす。僕はそれを受け止め、鍔ぜり合いとなる。

「なぜだ……？」

2本の刃ごしに、ライが問いを発してきた。

「構えも、動きも、素人そのもの……なのになぜお前は、俺と互角に斬り合っている？」

「互角？　互角に見えるかい？　ならよかった」

「……なに？」

ライが怪訝《けげん》な顔をしたその一瞬、僕は身体を捌き、ライを後方へと送り出す。

「くっ……！」

背中を見せる格好になったライは、振り向きざまに剣を横薙ぎに振るう。しかし、その時僕は既に間合いを取ってそれをかわし、その前に放った僕の斬撃が、ライの肩を掠めていた。

「わからないのか、勇者ライ？　この勝負は、互角なんかじゃない」

「なんだと……？」

僕はライに向かい、半身になって刀を構えた。

＊　＊　＊

「ああもう、見てらんないよ……」

クミエは目を覆いつつも、戦いの行方を見守っていた。

「旦那、さっきからスレスレで逃げてばっかりじゃん。あんなんじゃ斬られるのも時間の問題だ……」

「いえ……」

同じく行方を見守っていたルーザが、声を漏らす。

「あれは……まさか……」

「どしたの、ルーザちゃん？」

「アカミのあの戦い……あれは、あの時の……」

そうだ——ルーザはこの戦いを知っていた。それは、ルーザがあの刀で襲われたまさにその時、見たものだ。アカミは刀の柄を長く持ち、その長さを最大限に活《い》かしながら戦っている。防御の合間に反撃を加えてはいるが、実はある程度以上は踏み込まず、決定打を与えるような攻撃はしていない。戦いながら、安全圏に身を置き続ける技──

「……あれは、ヤジロウの……畏哭剣《いこくけん》……！」

ルーザがそう呟《つぶや》いたとき、アカミが刀でライの剣を受け流した反動を使い、逆襲の一撃がライの肩から鮮血を飛ばした。

＊　＊　＊

「なるほど……互角ではないか。確かにな」

何十回かの剣合の末に肩を切り裂かれ、剣を構えたまま勇者ライが言った。肩で息──というほどではないが、軽く息を切らしている。まぁ、こちらは転げまわり、走り回って完全に息があがってるんだけど──

ライはじりじりと間合いを取りながら言葉を継ぐ。

「打ちあっているように見せて、その実は防御に徹した戦い……普通、逃げ腰は却《かえ》って隙を生むものだが、防戦一方になるのではなく、身を守るために攻撃し、且《か》つ、必要以上に踏み込まない。安全な角度と間合いを保ち続ける体捌きといい、見事なものだ。そこまでいけば立派な技だな」

「オリジナルの名誉のために言っておくと、これは本来、逃げる技じゃないんだ」

僕は息を整えながら応じる。

「『畏哭剣』という。本来は、自分が傷を負わずに相手を確実に追い詰め、嬲《なぶ》り殺すための剣法らしいよ」

それは、ヤジロウがこの刀を使い、操った剣法——さすがに攻撃も防御も、あれほど完璧にこなせはしない。しかし、ヤジロウがあの技を使う時の身体の重心、体捌きの理合い、防御と攻撃のリズム——そうした要素はあの時、散々観察して頭に入っていた。後はその情報から身体の遣い方を「推理」し、再現する。48の探偵技・その40、見様見真似《エミュレーション》——本来は現場検証などで、犯人の行動を再現するために使うものだ。「観察」、「推理」に加え、自分の身体の状態を正確に把握し、制御する力も求められる、探偵技の中でも難易度の高い技術。幸い、僕にはリトル・リーグの経験があったので、この技は得意だった。

「……なるほどな」

ライは頰から流れる血を拭い、言った。

「これほどの真似《まね》ができる相手だとは思っていなかったぞ。元より手加減をしていたつもりはないが……どうやら、全力で当たらねば倒せないようだな」

ライは一度、構えを解き——剣を頭上に抱えて呪文を唱えた。

「勇神の加護よ……光唸《うな》る刃よ！　勝利を我に！」

――カッ！

閃光《せんこう》が奔《はし》り、ライの掲げた剣が光に包まれる――！

「……アカミよ。お前は悪人ではないようだ。なるべく苦しめず殺したかったが……もはや楽には死ねぬと思え」

ライは大上段に剣を構えた。

「天にあまねく光たちよ！」

ライの詠唱と共に、激しい閃光の魔力が、その刃に収束していく――

「さて……ここからが本番かな」

魔法を封じ、剣を封じ――それで勝てるような相手だとは元々、思っていない。耐えて、耐えて、なんとか命をつなぎ――それでようやく、勝てる瞬間が訪れるかどうか。だが、それでも――僕はその瞬間に向け、ヤジロウの刀を正眼《せいがん》に構えた。

「……ゆくぞアカミ！　我が必殺の剣を受けよ！」

ライの剣に収束した魔力がスパークし、激しく唸りを上げる――！

「上段・極破閃光剣《フラッシュ・ダイナミック》‼」

――ドッゴォォン‼

凄《すさ》まじい音を立て、雷鳴の刃が振り下ろされる。島を両断しようかという、巨大な光の剣――逃げ場など、どこにも存在しない。ならば――！

「……うおおおお‼」

僕はその巨大な剣に向かい、刀を構えて走る。退くことばかりが安全圏に至る道ではない――攻撃にこそ、生きる道がある場合もある。それを適切に選択することこそが「畏哭剣」の凄《すご》みであり、それはあらゆる武術の核心、さらには探偵の道にも通じるものだ。僕は、振り下ろされる巨大な剣に向かって、刀を振り上げる――！

――ギャギィィイン‼

魔力の余波を受け、全身が灼《や》ける。それでも、僕の振り上げた刀の一閃《いっせん》は、ライの放った必殺の一撃を、わずかに逸《そ》らした――！　同時に、手にした刀が砕けて折れる！

――ここしか、ない！

僕は刀を捨て、一気に踏み込んでライに肉薄する。安全圏の間合いを捨て、大きく踏み込んだ距離――刀を失い、素手のままで、一直線にその道を駆ける！

「…………ッ！」

必殺の一撃を防ぎ、カウンターの攻撃を仕掛ける僕の姿を目にしたライが、驚愕《きょうがく》の表情を浮かべながらもすぐに行動に移るのが見えた。だが、剣での迎撃は間に合わないはず――僕は素手の拳を繰り出す。それを目にしたライは、一撃をその身で受けることを決め、その打撃に耐えた後のために剣を構え、僕の拳を待ち受ける。

「……ここだァ！」

クミエが叫ぶ声が背後から聞こえてきていた。言われなくてもわかっている――僕は拳をライに叩《たた》きつけ――なかった。

「……えっ……!?」

瞬間、僕は握った手を開き、それをライの胸に押し当てる。

予想外の展開に驚くライ。その表情に向かい、僕は呪文を口にする。

「着火《イグニート》！」

——ドゥン‼

僕の手のひらが、爆発した——！

そう、これは魔法——クミエが術式を用意し、ルーザが魔力を注いで作った魔導機。その威力は折り紙つき——手の中に隠し持ったその石を、至近距離で炸裂《さくれつ》させる！

「ぐ、あ……⁉」

ライの身体《からだ》が泳ぐように揺れた。

「……本当は、最初にぶつけるつもりだったんだけどね」

結界でライの攻撃魔法を防ぎ、この一撃を叩きこむ。それが事前に用意した僕らの作戦だったのだ。しかし、この島に来てライと相対したとき、僕は悟った——恐らくライは、この一撃を受けても怯《ひる》みさえしないだろう、と。

強靱《きょうじん》な肉体と、豊富な戦闘経験、そして精神力——生半可な小細工では崩せない厳然としたレベル差。だから僕は、リスクを覚悟で作戦を切り替えた。ダメージを与えられないとわかった上で、敢《あ》えて放った素拳の一撃。こちらに武器がないと印象付けるための布石——その上でヤジロウの刀を手にし、「畏哭剣」でたっぷりと印象付けた上で、手放す。

そして必殺技を放ち、勝利を確信したライに、不意の強力な一撃——これなら、通る！

ライが手にしていた剣を地に落とすのが見えた。効いてる――！　そこにすかさず――

「てりゃあっ！」

――ガキィッ！

ライの顔面に、膝蹴りを叩きこむ！　踏鞴《たたら》を踏んで後ろに下がったライに、追撃のパンチ――

「うおおおおおっ‼」

――その雄叫《おたけ》びは、僕のものではなかった。地に足を踏ん張ったライが、腹の底から放った叫び――同時に、繰り出した拳がカウンターになって、僕の顔面を殴り飛ばす！

「ぐべ……ッ⁉」

体重を乗せたそのパンチを受けて僕は吹き飛び、もんどりうって地に転がった。

「ぐ……く……！」

一瞬、天と地がひっくり返って脳が混乱をきたす。しかし、僕の思考はすぐに次の行動へ移ろうとした。立たなきゃ――すぐに次の攻撃が来る。僕は身体を起こし、立ち上がろうと地に足を踏ん張る。しかし――

「あ、あれ……？」

僕の膝は言うことを聞かず、そのまま折れてまた身体を地に転がした。

「く、そ……ッ！」

ダメだ、このまま倒れていたらやられてしまう。相手は勇者ライなんだ——必ず立ち上がり、こちらに止《とど》めを刺すだろう。それが可能な肉体と、それを実行する強靱な意思の持ち主だ。なにもしなければここで終わってしまう。それは、嫌だ——

僕は顔を上げ、ライを見た。ライは肩で息をしながら、その場に立ちすくみ、僕のことを見下ろしていた。

「まだ、立とうというのか……」

ライは顔の傷を拭い、言った。こちらに攻撃をしてくる気配はない。

「なぜだ……？　なぜそこまでして……？」

ライの言葉に呼応し、僕はやっとのことで立ち上がる。

「アカミ！　なぜお前はそこまで戦えるんだ！」

立ち上がった僕に向かい、ライが叩きつけるように叫んだ。

「なぜなんだ……自分のためではないのだろう？　俺が憎いわけでもないのだろう⁉」

ライの叫ぶ言葉が、軋《きし》む身体に響く——あの必殺技、致命傷は避けたものの、受けたダメージは大きかった。その上、至近距離で爆発をぶちかましたのだ。こちら側にも衝撃はある——あ、これ肋骨《ろっこつ》が何本か折れてるかも。

ライの言葉が続く。

「その貧弱な身体で……そんなにも必死になって！　お前はいったい、なんのためにそこまでするというのだ！」

——ふーっ

僕はひとつ息をつき、帽子の鍔《つば》を上げてライを見た。

「あなただって、人々を守るために魔王と戦って……それで、死んだんでしょう？」

「……ッッ‼」

はっとした顔を見せたライに、僕は指を突きつけ、言う。

「すべては繋《つな》がった。『反逆の勇者』ライ……あなたは嘘《うそ》をついている。今からそれを、僕が暴《あば》く」

さあ——ここからは推理の時間だ。

＊　＊　＊

「嘘、だと……？」

ライは一瞬、目を丸くしたが、すぐに眉間に皴《しわ》を寄せて叫び返す。

「いきなりなにを言い出す！　戦いの最中だぞ！」

「それじゃ、嘘などついていないと？」

「当然だ！」

「それじゃ……」

僕は帽子に手をやり、言う。

「なぜ、せっかく得た魔王の力を使わない？」

「……なっ……⁉」

ライは目を丸くした。僕は言葉を継ぐ。

「先ほど放った魔法も、そしてあの必殺剣も……どちらも『光』の魔法。神聖な力を行使するタイプのものだ。違う？」

「なぜお前に、そんなことが……ッ⁉」

「あそこで結界を張っているルーザさんは、その手の魔法の名手なんだ」

僕は背後を親指で示し、言った。

「ルーザさんが回復魔法や結界の魔法……聖光《せいこう》魔法を発動するときの詠唱と、あなたの詠唱は同じものだった。そしてそれが発する光の色も」

「…………ッ！」

「それはあなたが魔王から得たという『闇の力』じゃないはずだ。つまり」

僕は勇者ライの姿を見た。

「あなたは魔王の力など得てはいないし、その力に影響を受けてもいない。人間として

……人間のまま、反逆したんだ」

「…………ッ！」

「最初の黒い炎は、魔王の力に見せるための幻術かなにかだったんだろうね」

ライは黙っていた。僕はそこに向かい、さらに言葉を継ぐ。

「律儀《りちぎ》なあなたのことだ。この世界に来てもその設定を貫いていたんだろうけど……なぜ

わざわざそんなことをしたのか？　それが疑問だった。だけど、あなたと戦ってるうちに

なんとなくわかってきたよ」

「……わかってきた、だと？」

「ああ……あなたが反逆し、騎士団を壊滅させて国王を殺害したことは恐らく、事実だ。

その後、貧民に短剣《ダガー》で刺されて倒れたっていうのも、恐らくは事実……その話題を出した

ときのあなたの反応を見る限り、ね」

強大な敵を打ち破ってきた英雄が、弱い者の手にかかり命を落とす――それ自体は神話

などでもよく語られることであり、現実にもよくあることだとは思う。それだけに、この勇者が監獄界へやってきた来歴としてはできすぎている。

その上で、それらすべてが事実だと仮定した場合の仮説は、こうだ。

「あなたには、反逆し、国王を殺害する理由があった。僕の予想では、あなたの仲間に関することだ。しかし……それを『勇者』のまま実行するわけにはいかなかったんだ」

「……なぜそう思う？」

「あなたが飽くまでも、世界を救う勇者だからこそ、さ」

黙っているライに、僕は言う。

「世界を救い、救国の英雄と讃《たた》えられた勇者が、よもや反逆を起こすわけにはいかない……普通の人間が王を殺せば、大罪人になるだけだが、あなたがそれをやれば、あなたを支持する者が多く現れるだろう。魔王が去って間もないのに、国にはまたもや戦乱が起きてしまう。あなたにそれは許せなかったんだ」

国王を殺さねばならない。しかし、再び戦乱を起こさないようにしなければならない。

「だから、『魔王』の後継者を名乗り、反逆して……標的の人物を全員殺害した上で、名もなき貧民に自分を殺させた……違うかい？」

僕はライに指を突きつけ、言った。ライが貴族かなにかであれば、他にもやりようがあったのかもしれない。しかし――勇者とはいえ、一介の冒険者に過ぎないライが両方を満たす手段は、それしかなかったのだ――

ライは黙っていた。九命の磯島は妙な静けさに包まれた。まるで示し合わせたように海が凪《な》いで、波の音さえも聞こえなかった。

「……そうだ。英雄が生まれてはいけなかった」

不意にライが口を開き、静けさを破ってぽつりと言った。

「俺は……俺たちは、強くなりすぎた。貴族や国王以外の人間が国を救えば、民衆は熱狂する。王よりも権威ある存在が出現すれば、国が割れ戦乱が起こる。自明のことだったんだ。だから……」

口ごもるライの後を受け、僕は口を開く。

「……だから国王は、あなたの仲間たちを殺した。そうですね？」

「…………ッ！」

ライは目を見開き、こちらを見た――そしてそのすぐ後、静かに頷《うなず》いた。

「あの国王は、先代から続く制度を受け継ぐことが精いっぱいの、器量の乏しい人物だった。その周りの貴族たちもだ。魔王軍に対し、有効な対抗策を打ち出せなかったこともそうだが……魔王を討伐した英雄が民衆に喝采され、自分たちの権威と治世を脅《おびや》かすことを恐れたんだ。それで……暗殺、という手段に出た」

僕はライの話を黙って聞いていた。ライは続ける。

「仲間たちは全員、殺された。俺の恋人だった女も、俺の腕の中で死んでいった。命を懸け、共に国を救った仲間を……お互い命を預けた仲間を殺されたら、もう、殺すしかないだろう？」

「………」

「国王は、俺たちはどこかへ旅立った、ということにしたいようだった。だから俺は王都を離れ……そして『魔王』として舞い戻ったんだ。しかし、俺が殺すべきなのは飽くまでも王と貴族たちだけ。民衆を戦乱に巻き込むつもりはなかった。だから……貧民に金をやり、俺のことを殺させた。不死の力を持った魔王の、右の胸に一箇所だけ、弱点があるということにしてな」

ライは自嘲気味に笑い、右の胸を押さえた。その近くに僕のつけた切り傷がある。

「俺は復讐《ふくしゅう》を遂げ……そして死んだ。国は新たな王が継ぎ、俺を殺した男はたんまりと褒美《ほうび》をもらった。すべて、良しだ」

ライはそう言って、大きく息をついた。

「言っただろう？　他人のために戦うなんて碌《ろく》なもんじゃないって。俺は、俺自身のためにあの王を殺した……生まれて初めて、自分のために戦ったんだ。満足だよ」

　僕は帽子に手をやり、鍔越しにライを見た。やれやれ――この人はなにもわかってないみたいだ。

「勇者ライ……僕が戦うのは、他人のためなんかじゃないよ」

「なに？」

　僕はライの目を真っすぐ見て言う。

「僕がここで戦うのは、僕自身が『探偵』であるためだ」

「…………！」

「あなただって……復讐のために戦いながらも、最後まで『勇者』であることをやめなかった。自分が自分であるそのために、罪を背負ったんだ」

「俺が……俺であるため……？」

「罪は罪として、裁かれなくてはならない。それでも……貫いたあなたの意志は、誰も奪うことのできないものだ」

「…………」

　ライは黙っていた。僕はひと息ついて、問いかける。

「ひとつ、わからないことがあるんだ。この闘争裁判《デュエルコート》を勝ち抜こうとしていた理由は？」

「ああ……」

ライは少し、困ったような表情を見せる。

「俺を殺したあの男に、ひと言謝りたかった」

「謝る……？」

「あの男は貧民だから、俺を殺して手柄を立てても褒美をもらってそれっきりだ。だが、それはあの男を貧民として見下す行為だったと思う。彼の尊厳を傷つけていた。それを謝らなくてはならなかった」

僕は笑った。

「あんた、やっぱり勇者だよ」

「ふん……」

ライもまた、口《くち》の端《は》に笑みを浮かべる。

「興が削《そ》がれたな……決着はまたの機会とするか」

そう言ってライは踵《きびす》を返《かえ》す。

「俺が言うのもなんだが……負けるなよ、アカミ」

「……あんたには早めに負けてほしいけどね」

「それはできない相談だ」

そう言ってライは片手を上げ、軽く地面を蹴って窪地《クレーター》から岩場を登る。そこから、海の中の磯島《いそじま》の足場を辿《たど》り、静かに立ち去っていった。

「…………はぁ～」

僕は思わず、その場に座り込んでしまう。急に、力が抜けた——というか、普通にめっちゃ怪我《けが》してるし身体《からだ》中血まみれになってる。

「アカミ！」

「旦那！」

ルーザとクミエが駆け寄ってきた。

「……ごめん、勝てなかったわ」

僕がそう言うと、ルーザが突然、僕の頭に抱き着く。

「わぷっ⁉」

「すばらしい戦いでした……あなたはすばらしい戦士です」

「ちょ、ルーザさん……！」

顔に胸が当たってるんだけど——と、気がつけば、ルーザは震えていた。

「あのような誇り高い戦いを私は知りません。あなたこそ、この闘争裁判《デュエルコート》で勝ち残るべき人です」

「……なに言ってんの、そういうわけにはいかないでしょ」

僕はルーザの腕を引きはがし、言う。

「ルーザさんの方が、勝ち残らないといけないんでしょ？　僕は依頼が果たせればそれでいいよ」

「は、はい……それは、そう、です……」

ルーザはなおも、僕の顔に手を触れている。その目が潤み、唇が震えていた。

「あーっと……とりあえず、治癒魔法かけてくれない？　痛いんだわ」

「あ、は、はい！　そうでした、今すぐに！」

ルーザの後ろで、クミエがニヤニヤと笑っていた。僕はそれを見ないふりをした。

＊＊＊

「名探偵アカミ、か……」

九命の磯島から立ち去った勇者ライは、自分が根城としている洞穴へと帰っていた。

この闘争裁判《デュエルコート》に、参加すると決めたこと――それにはもともと、迷いがあった。元の世界に戻りたい、やり直したいという気持ちは、ある。だが、今さらという気持ちも同時にあった。凶悪な罪人たちが好きに戦い、倒れていく中に、わざわざ身を投じる意味はあるのだろうか——？

そんな迷いを抱えていたライにとって、自分が自分自身であるために戦うというのは、なんとも快い学びだったのだ。

「勇者ライならば、なんとするか」

そう思えば、自分のやるべきことは自《おの》ずと見えてくるような気がした。思えば、魔王と戦っている時にはその矜持《きょうじ》が常にあったようにも思う。目的を果たし、復讐心に駆られ——そんな中でいつの間にか、自分の心が乱れていたようだ。

「次の機会を楽しみにしているぞ、アカミ」

洞穴の中で、ライはひとり呟《つぶや》いた。

「……さて、その次の機会というのはどこにあるのだろうね？」

——不意に、洞穴の中に声が響いた。

「……誰だッ⁉」

反射的に立ち上がり、闇に向かって身構える。手のひらには既に、収束した魔力が準備されていた。すかさず、光の魔法を発動する。

——ボッ！

生み出された光球に、洞穴の中が照らし出された。しかし――声のした方には誰もいない。

「……ここだよ、勇者ライ君」

別の場所から、声がした。慌てて、ライはそちらを振り返る――と、岩の上に腰かけている黒い影があった。

「貴様……」

ライは少なからず動揺していた。まさか、洞穴に入ってきたことに、今の今まで気がつかないとは――油断をしていたつもりはない。魔王と戦う旅をしていたころから、自分が休む際にはことさら、近づく気配に敏感になるよう習慣づいているのだ。それを掻《か》い潜《くぐ》り、ここまで近づくとは――

「ククク……勇者というのも存外甘いようだネ」

黒い影が言葉を発した。よく見れば、鉄仮面を被《かぶ》り鎧《よろい》を身に纏《まと》った騎士風の男だった。

「君に恨みはない……だが、この監獄界に秩序をもたらすための生贄《いけにえ》となってもらう」

「……ッ!?」

ライは黙って鉄仮面の男に向かい、魔法を放つ。しかし、男はそれを受けながら、平然とライに近づいた。

「……貴様、何者だ……？」

「私は闘争主《ゲームマスター》さ。新たな、ネ……」

そう言って男はライの前に立った。ライは戦闘態勢になり、魔力を手のひらに構える。

男――騎士デウスの鉄仮面がまるで、笑っているように見えた。

＊　＊　＊

「なんだって……!?」

蝋盤《タブ》を見て、僕らは驚きの声を上げた。見ていたのは更新されたランキングの表示だ。

「勇者ライが……脱落……？」

つい昨日、僕と戦い、そして勝負を預けた相手、勇者ライが、ランキングから消えていたのだ。

「まさか、そんな……？」

ルーザが言う声に、僕は唸《うな》る。あれほどの遣い手を、倒すことのできる闘罪人《クリミナル》なんてそうそういるはずがないと思っていたけど――

「……旦那と戦った後、ダメージを受けてたところを奇襲されたのかも」

クミエが言ったが、僕は首を振る。

「いや……僕との戦いなんて結局、大したダメージでもなかったはずだ」

勝負は水入りとなったが、あの時点で僕の方がボロボロだったのだ。そのせいで負けたなんてことは考えにくい。

僕は蝋盤《タブ》のページをめくり、残る闘罪人《クリミナル》の情報を確認する。しかし、単純な戦闘力であの勇者ライを超えるような者がいるだろうか？　あるいは――

「……蝋盤《タブ》に載っていない敵がいるとか、そういうことじゃないだろうな？」

「……まさか？」

ルーザが首を傾《かし》げるが、実際これはあり得ない話ではない。そもそも、ここに記載してある闘罪人《クリミナル》の情報さえ、全てが真実ではないのだ。これを運営している連中がルール破りを仕掛けてくる可能性だってないとは言えない。

この世界は絶対ではない――ルールも、情報も、それに、運営に携わる裁判員《ジャッジ》たちも。

間違いも、思惑もあるのなら、裏だってあるはずだ――

「……闘罪人《クリミナル》の他に誰かが入り込んだ、ということはないはずよ。今のところはね」

不意に、声がして振り向くと、そこには黒ずくめの女――カロンが立っていた。

「カロン……あんたの他にも裁判員《ジャッジ》はいるんだろ。なんでそんなことがわかる？」

「罪の総量に変化はないし……それに、ここは封鎖された次元よ。普通の手段で入り込めるはずもない」

「どっかに抜け道があるんじゃないの？」

クミエが言った。しかし、カロンは首を振る。

「考えられないわ。少なくとも、現在の闘争裁判《デュエルコート》の範疇《はんちゅう》でライは倒れた。それは確かよ」

「…………」

カロンは続けて口を開く。

「今朝の時点で、残りの闘罪人《クリミナル》は50人……開始から7日で、半分が脱落したことになる。その中に冤罪《えんざい》の者はまだ含まれていないわ」

「……そうか」

依頼者がカロンである以上、脱落者の中に冤罪の者がいない、という話には頷《うなず》くしかない。だがそもそも、この世界は成り立ちからして不審な点が多い。

カロンは哀《かな》し気に首を振った。

「私から教えられることはあまりないの。これはあなたの安全のためでもある」

「いいように弄ばれてるだけなんじゃないだろうね？」

「それはないわ」

カロンは言い、ベールを上げて顔を出した。

「……私も命がけなのよ」

「…………」

人工ルビーのようなカロンの瞳は、真剣そのもののように僕には思えた。僕はひとつ、ため息をつく。

「……もうひとつ質問があるんだけど、いいかな?」

「答えられることなら」

そう言って頷くカロンに、僕は問いかける。

「この世界には、かつて文明があった……それが滅び、今は監獄界となっている」

カロンは黙って聞いていた。僕はそこに言葉を継ぐ。

「その文明が滅びた理由……それはこの闘争裁判《デュエルコート》となにか関係があるのかい?」

カロンはその問いを受け、少し笑ってベールを戻した。

「……変なことを気にするのね、探偵さん」

「どんな小さなことが糸口になるかわからない。探偵ってのはそういうもんだよ」

「ふふ……あなたとの話は新鮮だわ」

カロンは口元に手をやり、くすくすと笑い——そして、踵《きびす》を返《かえ》した。

「……その話には答えられない。でも……これだけは言っておく。負けないでね」

その背中が光に包まれ、カロンの姿は消え去った。

「まァ、やれることをやるしかないんだろうねェ」

クミエが笑って言った。

「そうだね。やるべきことはそんなに変わらない」

僕らはクミエの言葉に頷く。

まずはこの世界で勝ち抜くこと——ランキング上位にいれば、保護を求めて他の闘罪人《クリミナル》がやって来るかもしれない。その中に、冤罪の者がいる可能性は高い。それは、ルーザが最後まで勝ち残る道と一致する——少なくとも、途中までは。

「自分の手を汚さずあり続けること……それもまた戦いなんですよね、私の」

黙っていたルーザが口を開いた。

「……すまない」

自分の手を汚さず人々の命を奪った、というのは、ルーザがこの世界へ来ることになった罪の形でもある。この監獄界でそれをまた、繰り返させようというのだ。

しかし、ルーザは首を振った。

「アカミが一緒に戦ってくれるなら怖くありません。私は名探偵の助手ですもんね」

横からクミエが口を挟む。

「ルーザちゃんが助手なら、あたしはなんなのかなァ？」

「そうだなぁ……さしずめ、情報屋ってところかな？」

「うーん、なんか冴《さ》えないけど、まぁいいかァ」

クミエはそう言って笑い、ルーザの腕に自分の腕を絡《から》ませる。

「旅は道連れ世は情け……てね。まぁ、手を取り合っていきましょ」

「え、ええ……」

「しかし、あんたもずいぶん付き合いがいいんだな、クミエ？」

「あたしは面白ければなんでもいいの。せっかく珍しいところに来たから、なるべく粘って面白い目にあいたいじゃない？」

「野次馬根性もそこまでいくと立派な信念ですね」

僕らはそんな風に話しながら、監獄界の空の下——鉄格子《てつごうし》に覆われた雲の下を、歩いて行った。

「……この先、なにが起こるのでしょう？」

ルーザが言った。その手には、僕が「助手の証《あかし》」として渡した古いコインがあった。ルーザはそのコインを握りしめ、僕を見た。その瞳には、覚悟と、不安と、そして——僕の勘違いでなければ、信頼がこもっていたように思う。

「わからないな……だから前に進むんだ」

僕は帽子をかぶり直し、応じる。

「名探偵の前に謎があるなら、ひと欠片《かけら》も残しはしないよ」

立ち向かうということは、罪を背負うということ。自分が自分でいるため、罪を背負わねばならないとしたら――この一歩一歩に罪を重ね、僕らは次の戦いへと赴いていく。

闘争裁判《デュエルコート》はまだ、始まったばかりなのだ。

あとがき

昨今の市場における、バトルアクションものの静かな流行は、アクション作家にとってもありがたい限りです。

編集さんと「バトルトーナメントものをやろう！」と盛り上がったのが確か、2021年の秋ごろ。そこから1年余りの時間を経て、できあがったのが本作品です。蓋を開けてみればトーナメントどころか、デスゲームとバトルアクションと探偵が交じって混沌《こんとん》としたナニカ、という代物になったので、大変満足しています。

バトルものを中心としたライトノベルばかり書いていますが、僕も作家の端くれ、ミステリ小説を書いたこともあります。小説の原体験はポプラ文庫の児童向け怪盗《かいとう》ルパンシリーズからでしたし、仮面《かめん》ライダーはW《ダブル》が好きです。

実際に探偵をバトルの中に落とし込むのには試行錯誤がありましたが、いざ書いてみると、やはり探偵は「ヒーロー」の要素がぎっちりと詰め込まれた存在だということに気がつきます。見せ場に向かって情報を積み上げ、ため込んだパワーを「推理」という必殺技で一気に放出する……そういえば、デビュー作「空手《からて》バカ異世界《いせかい》」も、「戦いながら相手の技の謎を解き、攻略法を導き出す」という構成です。

拙作のみならず、多くの格闘アクションものが似たような構成をとっています。執筆にあたりシャーロック・ホームズや明智小五郎《あけちこごろう》といった、かつての探偵ものを読み返したりもしましたが、「常に探偵であるという姿勢を崩さずに細部まで目を配り、あらゆる事態に自然体で備える」というスタンスは武術の達人が醸《かも》し出《だ》すそれを思わせます。

やはりミステリというのは、万人に受け入れられた「型」であるのでしょう（本格ミステリと探偵活劇は違う、と言われそうですが……）。

今作の主人公・高校生名探偵の明髪《アカミ》シンは、ホームズや明智小五郎ほど完成された探偵ではなく、まだ未熟な存在でもあります。また、ルーザやクミエといった仲間たちや、対戦する闘罪人《クリミナル》たちにもそれぞれ、欠けたものを埋めるための物語があるように思います。

監獄界と闘争裁判《デュエルコート》という、物質的にも精神的にも制約された閉鎖空間において、それぞれがどんな物語を見出《みいだ》していくのか、僕自身も楽しみにしています。

輝井永澄《てりいえいとう》

富士見ファンタジア文庫

名探偵《めいたんてい》は推理《すいり》で殺《ころ》す

依頼《ケース》.1　大罪人《だいざいにん》バトルロイヤルに潜入《せんにゅう》せよ

令和4年12月20日　初版発行

著者――輝井永澄《てりいえいとう》

発行者――山下直久

発　行――株式会社KADOKAWA

〒102-8177

東京都千代田区富士見2-13-3

0570-002-301（ナビダイヤル）

印刷所――株式会社暁印刷

製本所――本間製本株式会社

ISBN978-4-04-074799-6 C0193 ◇◇◇

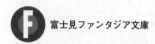

この少年
すべてが
天上優夜《てんじょうゆうや》
異世界で
レベルアップした結果、
最強の身体能力を
手に入れた少年
シリーズ好評発売中！

チートすぎる

異世界でチート能力《スキル》を手にした俺は、現実世界をも無双する

～レベルアップは人生を変えた～

I got a cheat ability in a different world, and became extraordinary even in the real world.

著：美紅
イラスト：桑島黎音

幼い頃から酷い虐めを受けてきた少年が開いたのは『異世界への扉』だった！ 初めて異世界を訪れた者として、チート級の能力を手にした彼は、レベルアップを重ね……最強の身体能力を持った完全無欠な少年へと生まれ変わった！ 彼は、2つの世界を行き来できる扉を通して、現実世界にも旋風を巻き起こし――!? 異世界×現実世界。レベルアップした少年は2つの世界を無双する！

ファンタジア文庫

切り拓け！キミだけの王道
ファンタジア大賞
原稿募集中！
賞金
《大賞》300万円
《金賞》50万円
《銀賞》30万円
選考委員
細音啓「キミと僕の最後の戦場、あるいは世界が始まる聖戦」
橘公司「デート・ア・ライブ」
羊太郎「ロクでなし魔術講師と禁忌教典《アカシックレコード》」
ファンタジア文庫編集長
前期締切 8月末日
後期締切 2月末日
公式サイトはこちら！ https://www.fantasiataisho.com/
イラスト／つなこ、猫鍋蒼、三嶋くろね